ラルーナ文庫

ギフテッドアルファ王と召喚されたハズレ神子

滝沢 晴

三交社

CONTENTS

Illustration

タカツキノボル

ギフテッドアルファ王と召喚されたハズレ神子

本作品はフィクションです。
実際の人物・団体・事件などにはいっさい関係ありません。

【1】

夜の図書館は少し不気味で、かなり居心地が良い。静寂の奥で本の賑《にぎ》やかな存在感を楽しむことができる。

都立図書館に勤める文森章《ふみもりしょう》は、残業を終えた同僚たちを見送って、コンビニ弁当を開けた。定時には消灯される職場で、章のデスクライトだけが煌々《こうこう》と明かりを灯《とも》していた。

「いいのかな、文森くんに本の修復押しつけちゃって」

「いいのいいの、絶対断らない人だし。クリスマスイブにコンビニのお弁当食べてるくらいだから用事なんかないって」

「顔は悪くないのに、なんか地味だし、そのくせ本のことになるとうるさいし、残念な男子だよね」

帰宅する同僚たちが、聞こえているとも知らずに廊下で内緒話をしている。

ちらりとストック棚の本に目をやった。今日、小学生が破いてしまったと謝罪しながら返却してきた児童書が置かれていた。本当なら今しがた帰った彼女たちの仕事だが、涙目で謝っていた女児のためにも「早めにきれいにしてあげた方がいい」と進言すると、じゃあお前がやれと言わんばかりに押しつけられてしまったのだ。

彼女たちの言う通り、二十六歳という青年期真っ盛りに、クリスマスイブの予定はなく、本に囲まれて一人残業している残念な男なのだから、押しつけられるのも仕方ない。

章は冷めた弁当をかき込み、昨年までは予定があったのにな、と心の中で愚痴る。

自分を育ててくれた祖母が、鶏の煮込みを用意して帰りを待ってくれていたからだ。その祖母も半年前に肺炎で他界。中学生のころに事故で両親を亡くした章は、祖母の死によって本当に天涯孤独になってしまった。

なぜクリスマスに鶏の煮込みなのかというと、「クリスマスはチキンを食べるんだよ」という章の言葉を、鶏ならなんでもいいと勘違いして煮込みにしたのがきっかけで、毎年の風物詩となったのだ。

（今年はもう、食べられないんだよなあ……）

目頭が熱くなるのを振り切るように、今夜すべき本来の業務に目をやった。

縦二十五センチ、厚さ十五センチもある本。表紙は赤い山羊革、本文は金属活版。中世の貴重書だろう、と章は思った。先日古書店が、亡くなった方の書庫整理で発見し「貴重な物では」と持ち込んできたのだ。

児童書の破れを丁寧に修復すると、章は出所不明の古い本を開いた。

丸みを帯びた文字が横に並んでいるが、全く見たことがない言語だった。とはいえ、章も全《すべ》ての言語を知っているわけではないから、調べればすぐにどの国の本かくらいは分かるだろう。国が分かれば、本の扱いをどうするかは決まってくる。

「どうみても五百年は前の物だろうから、早く修復してきれいにしてあげたいな」

背表紙が破れたり、表紙が取れかけたり、ページの破損があったり――。決して保存状態の良い物ではなかった。

本好きが高じて図書館の司書となり、本の修復作業をきっかけに、インキュナブラ（貴重書）の修復技術を学ぶ司書のサークルにも入った。役目を終えたかのような古い本が、命を与えられたように凜《りん》と書棚に並ぶ姿が好きで夢中になった。

きっとこの本も、革の細工や装丁を見るに、かつてはとても重要な働きをした本に違いない。よく見ると、二匹のヘビが絡み合って「∞」のような形になっている紋章が彫られている。紋章入りとなると、どこかの王家にまつわる書物かもしれないのだ。

ボロボロのその本が、章には早く修復してほしそうにしている気がした。

（修復したら、どんな〝顔〞になるのかな、君は）

本にまるで人のように話しかけ、奥付を見る。すると、見慣れた文字が並んでいた。

日本語だ。

——自分の人生の主人公は、一人しかいない。

亡くなったという持ち主が書き込んだのだろうか。

「それにしては……文字もインクも、ずいぶん時間が経過している……」

その文字を、そろりと指でなぞった。

日本語だからではなく、なぜか見覚えのある文字のような気がしたのだ。

「自分の人生の主人公は、一人しかいない……か」

章は、自分の生きてきた二十六年間を振り返り自嘲《じちょう》した。

両親に死なれ、本好きが高じて図書館の司書になれたものの、地味な性格の上、本のことになるとことさら熱くなるせいで同僚となじめないまま今に至る。最後の肉親である祖母も亡くした。

貧乏くじ、ハズレくじ。「あなたの人生を一言で表すなら？」と問われたら、そう答えるだろう。

「物語のように華々しい人生だったら、喜んで主人公を演じるのにな」

事務所入り口にある立派な柱時計が、ボーンボーンと鳴る。振り返ると午後九時だった。

大正時代の貴重な物だということで寄贈され、今も現役で時を刻む。振り子を覆ったガラスに、自分の姿がぼんやりと映った。

（冴《さ》えない顔してるなあ）

生まれて一度も染めたことのない黒髪は、短く整えてはいるものの朝の寝癖がついたまま。二十六歳のわりには幼いと言われる顔も覇気がない。

ワイシャツの上に羽織った紺色のカーディガンは祖母の手編みで、少しだぼついている。二十歳の誕生日に「まだまだ大きくなるでしょう」と大きめに編んでくれたのだが、章は当時の百六十八センチから一ミリも伸びなかったからだ。

章はカーディガンの袖を顔に寄せ、すん、と匂《にお》いを嗅《か》いだ。

まだ少し、祖母の香りがする気がして。

（帰って仏壇に線香でもあげるか）

章は開いていた古い本をそっと閉じた。

その瞬間だった。

本の表紙の山羊革が光ったのだ。彫られた紋章に金を流し込んでいるかのように、光の筋が走る。

「えっ、電気仕掛け……いや、そんなのどこにも」

本を再度開こうと両手で触れた瞬間、真っ暗だった職場が光に包まれた。古い白熱灯のような温かい光に。

「なんだこれ」

章は本を手にしたまま、周囲を見回す。

突如、足下の床が消えた。消えたということは、重力がある限り落ちるということだ。

「うわああっ」

とてつもないスピードで、身体《からだ》が落下する。

ああ、死ぬのか。

残業していた図書館で何が起きたのか、章には分からなかったが、このスピードで落下していれば地面に叩《たた》きつけられた瞬間、即死だということは分かった。

こういうとき、悪くない人生だった、と振り返りたいところだが、全然よくない。ハズレくじの人生だった。でも祖母に会えると思えば――。

何秒落ちていたのだろうか、急に落下スピードが緩む。重力に逆らったかのような状況に驚きつつ、章はドサリと地面に倒れ込んだ。

「うわっ」

誰《だれ》かを下敷きにしてしまったようだ。ついでにどさどさっ……と本がなだれ落ちてくる。

図書館の地下に落ちたのだろうか。

「大丈夫？」

低くて穏やかな声が、振動とともに伝わってきた。なぜ振動と一緒かというと、自分がその声の主を下敷きにしているからだ。

おそるおそる目を開けると、目の前で金髪の男が微笑《ほほえ》んでいた。

(天国からのお迎えかな？　落ちたみたいだから地獄？)

そう思った理由は、自分を抱き留めるように倒れている男が、壮絶な美形だったからだ。彫りの深い顔立ちに、バランス良く配置された各パーツ。グレーの瞳《ひとみ》は虹彩《こうさい》のせいか瞬《まばた》きするたびに青や緑が混じる。髪は、短く切り揃《そろ》えた章よりは長いが、質感が柔らかなため軽やかに見えた。長いまつげも髪と同様金色で、薄い唇がゆっくりと弧を描いて害意がないことを伝えてくる。

「小説に出てくる王子様みたいだ……」

「王子？　ふふ、どんな小説の王子様かな」

下敷きにした美男にくすくすと返事をされたことで、思ったことをうっかり口にしてしまったことに気づき、慌てて章は立ち上がる。彼の腹部に手をついてしまい、そのごつごつとした感触で肉体もたくましく鍛え上げられていることが分かる。

「うわわ、ご、ごめんなさい。事務所の床が抜けて落ちちゃって、お怪我《けが》は……」

「ジムショ？　床が抜けて落ちた？　そんなことはなさそうだけど」

美男が上を指さすので顔を上げると、そこには見たことのない天井があった。繊細な彫刻と天井画が施された、まるでお城のような天井——。

「えっ」

章はあたりを見回す。自分のせいで本が床に散乱しているが、本だらけ、という事実以外は、先ほどまでいた都立図書館とは全く違う場所だった。

ひんやりと乾いた日本らしからぬ空気、石造りの壁にずらりと並ぶ革表紙の大型本、そもそも午後九時だったはずなのに窓から差し込む陽光——。

下調べをしようとしていたあの山羊革の本が床に落ちていたので、それを拾って抱え込むと、章は美男に尋ねた。

「あの、ここは何階ですか？　窓があるので地下じゃないですよね……俺がいたのは一階だったし、夜だったはずなんだけどな。気を失っていたのかな」

「ここは王宮の三階にある書物庫だよ」

「オーキュー？」

「うん、王宮」

美男は章を立ち上がらせる。膝《ひざ》のホコリをぽんぽんと払ってくれて、窓まで手を引いてくれた。立ち上がって向き合うと、自分よりも頭一つ分大きい。すらりとしているわりに肩幅は広く、プロ野球選手のような体格だ。

美男が窓を開けると、潮の香りが風とともに吹き込んできた。

そこから一望できる街の景色に、章は思わず「テレビの旅番組の風景だ」と漏らした。

オレンジ色の屋根が連なる石造りの街、帆船で賑わう港、街の向こうには羊のいる草原――。横にいる金髪の美男も含め、明らかに、日本ではないのだ。

「ここ……どこだ……」

掠《かす》れた声で呟《つぶや》き、ぎゅっと拳《こぶし》を握った。

おかしい、確かに都立図書館の床が抜けて、自分は階下に落ちたのに。

「どういうことだ……？」

隣の美男をよく見ると、見たことのない民族衣装を着ていた。

ぎゅっと詰まった襟に、細く並んだポケットから銃弾のような金属が見え隠れする赤い長上衣、腰には長い剣――。昔の異国の軍人を思わせる出で立ちだ。

日本で見ればコスプレのようだが、この異国然とした背景だとむしろこれが正装のような気もする。

「いい風が吹いている」

隣に立って景色を見下ろしている美男は、突然落ちてきた自分を警戒することなく、そんなことを漏らしている。海風に吹かれた金色の髪が、さらりと揺れて光を反射する。

今彼が天使か神だと名乗れば、自分は納得するかもしれない。

(やっぱり俺、死んじゃったのかな。彼になんと尋ねればいいんだろう。ここは天国ですか、とでも聞けばいいんだろうか)

口元に手を当てて悩んでいる章を、美男が見下ろした。

「……そうか。君が来るのは、今日だったのか」

顔を上げると、その美男は穏やかで、少し寂しげな笑みを浮かべていた。

何かを知っているかのような口ぶりだ。

「俺の……命日という意味ですか? やっぱりここは天国?」

死後の世界であれば地獄という選択肢もあったが、この人は間違いなく天使か神様なのだろう。本能がざわめくのを感じるのだ、オーラが〝普通じゃない〟と。

「天国? それは実在するかどうかも私は知らないな。私はアスラン、君のお名前は?」

「文森章です……あっ、ショウ・フミモリ」

「ショウ」

美男ことアスランはにっこりと笑って、章の右手を取った。大きな温かい手が、章の両手を包み込む。

「ようこそ、ムゼ王国へ」

「むぜおうこく？」

聞いたことのない国名に、脳内で咀嚼《そしゃく》できず復唱してしまう。

「君が来てくれる日を、みんなが待っていた」

手が離れる瞬間に「私以外はね」と聞こえたのは気のせいだろうか。

自分が来る日とは。みんなとは。アスランの口から出る言葉のほとんどを理解できないまま、章は「日本語お上手ですね」などと言ってしまい、首をかしげられた。

同時に背後の扉が開く。

「ああ、やはり！」

もう一人、天使のような美男が飛び込んできた。アスランとは違い、白い僧服姿だ。肩まで伸びたアッシュブロンドがさらりと揺れる。

「こちらに現れたのだな」

アスランが「兄上」と頭を下げた。兄上と呼ばれた白装束の美男は、章の両頬《りょうほお》を手で包み込み、美しいご尊顔を寄せた。

「我が国の者ではない容貌《ようぼう》、見たことのない服装……そして何より、この本……！」

章が抱えていた、あの修復予定の山羊革の本を凝視した。

白装束の美男は、首に提げた紋章を取り出し、その表紙と照らし合わせた。

二匹のヘビが「∞」のような形で絡み合っている文様――。

「あっ！　この本と同じ……！」

白装束の男性は、エドゥアルドと名乗り深々と膝をついた。

「ようこそ、我が国へ。召喚神子《しょうかんみこ》よ――」

傅《かしず》かれて驚いている章に、後ろからアスランが「兄上はこの国の神官長なんだ」と耳打ちしてくれた。

「しんかんちょう？　しょうかん、みこ？」

章は脳がオーバーヒートして、その場にへたり込んだのだった。


その数十分後、章は真っ白の礼拝堂のような場所で、白装束の高齢男性に囲まれていた。

「ほお……これが――いやこの方が召喚神子」

「やはり先王の予知は本当であったか……しかしベータだとか」

「それは陛下が相手ならどうとでもなるじゃないか。しかし貧弱だな」

背もたれのない椅子《いす》に腰かけた章は、品評会に出された盆栽の気分を味わっていた。

一体自分が今どういう状況に置かれているのか、全く分からない。

ここに自分を案内した神官長エドゥアルドが、優しく章に声をかけた。

「突然のことで驚いているでしょう」

章は修復予定だった本を抱きしめながら、尋ねた。

「あの……自分の状況が全く分かっていないんですが、召喚神子というのは……そしてムゼ王国って初めて聞く国で一体何がなにやら」

「何から説明すればよいか、僕も召喚神子と会うのは初めてだから難しいのですけど……」

エドゥアルドはそう前置きして、召喚神子の仕組みを教えてくれた。

本を通じて次元の違う場所から、国王を救う神子を召喚するものだ――と。

「いや、ちょっと待ってください」

章は手の平をエドゥアルドに向けた。

「次元？　国王を救う？　神子？　召喚？　えっ、え？」

頭から変な汗がだらだらと流れる。

これが天国か夢でなければ何だろうか。おおよそ現実世界では聞くことのない言葉の羅列に、章は混乱した。

自分を取り囲む神官たちは「無知じゃ」などと、まるで章が頭が悪いかのように哀れみの視線を送ってくる。

エドゥアルドだけが笑顔で応対してくれる。

「そうですね、簡単に言うと、国王の番《つがい》になるために召喚させてもらったのです」

もっと分からなくなってしまった。

混乱する章に、エドゥアルドがひとつひとつ説明してくれた。

まず、ここは自分の住んでいた世界ではなく、違う次元の世界にあるムゼ王国だということ。地図を見せてもらうと、章の知っている世界地図とは全く違うものだった。

海には五つの大陸が浮かび、ムゼ王国ほか八つの国で構成されるパティマ大陸は比較的温暖なエリアにある。

その大陸の最西端にあるのがこの国。人口は四百万人に満たないというから、章はぼんやりと静岡県を思い浮かべた。地図の縮尺が分からないので国土の規模は分からないが。

なぜ自分が違う世界に引きずり込まれたのかというと、この神官たちが儀式で呼び寄せていたからだそうだ。

ギフテッドアルファ――有り体に言えば超能力持ちのムゼ国王が、その能力を完全に覚《かく》醒《せい》させるために。

というのも、言い伝えが残っているのだという。

過去にも超能力が完全開花していない王が時折現れるが、その際は神殿が神子を召喚。召喚神子は王の補佐役となって王の超能力を覚醒させてきた……と。

「その誰もが、王の番となり、ギフテッドアルファとしての力を覚醒させてくれました」

エドゥアルドは両手を組んでうっとりと語った。

「その番とか、ギフテッドアルファという能力が理解できないのですが……」

章の問いに、彼はぴりっとした空気を醸し出した。聞いてはならなかっただろうか。

「ギフテッドアルファは、定期的に王家に現れる特殊なアルファなのです」

別の神官が、この世界の生殖システムについて教えてくれた。

男女とは別に第二の性——アルファ、ベータ、オメガ——があるのだという。

アルファは「優性」とも言われ、身体・知性ともに恵まれた性。ベータは何事においても平均的な水準の性。そしてオメガは男でも子を産むことができる性であり、アルファとフェロモンで惹《ひ》かれ合う——というものだ。

男女で所帯を持つと「夫婦」と呼ばれるが、第二の性でアルファとオメガがカップルになると「番」と呼ばれる。その違いは「番は魂で結びつくので離縁ができない」ということとらしい。

一度アルファに番にされたオメガは、首に咬《か》み跡が残り、他のアルファを受けつけなくなるのだという。先ほど身体の隅々まで検査をされた章は、ベータだったと説明を受けた。

その第二の性の中でも、王家にのみ生まれる「ギフテッドアルファ」は別格の存在だった。

「ギフテッドアルファの能力は、大きく分けて三つ。まずは、身体・知性ともに桁違《けたちが》いの潜在能力があること。意中の相手がどんな性でもオメガ化させて自分の番にできること。そして――『未来を見る』ことです」

数十年に一度、王家の血筋に生まれるギフテッドアルファは、この『未来を見る』という能力で国を繁栄させてきた。

(予知能力みたいなものか……)

なくてはならない能力なのだが、たまに一部の能力が発現しない者がいるのだという。

「歴代の王たちは、自分と同様に特別な能力を持つ神子を番にすることで完全覚醒してきたようなのです」

ある者は空を飛ぶ能力者であり、ある者は星の声を聞くことができる星見であり、ある者は高度な知略計略に長《た》けた軍師だったという。

取り囲む神官たちが、自分に冷ややかな視線を向けていた理由をここにきてようやく知る。

(能力者として召喚したはずの神子が、平凡そうだから不安なんだ)

「君を召喚するのを反対する人たちもいたのですよ。召喚神子は〝災いつき〟ですから」

「災い……つき……?」

「能力の覚醒と引き換えに、厄災をもたらす存在でもあるから軽々に召喚の儀式はするな、と伝えられているのです」

でもね、とエドゥアルドは続ける。

「僕は運命だと思うんです、数十年に一度、神子召喚として異次元に送り込んできたこの本を手にしたということは、神に導かれた証拠ですから。災いなんか乗り越えられるはずなのです……!」

どうやらこの本が、召喚の通行手形ということらしい。

章は、言っておかねばならない、と手を挙げた。

「あの……ごめんなさい、これ、俺の本じゃないんです」

持ち主はすでに他界していて、希少な本だろうからと調査と修復のために預かったのだ

――と章は丁寧に説明する。

神官たちがざわめいた。神官長のエドゥアルドも、なぜか狼狽《うろた》えている。

「で、では……君の能力は……」

「ないです。俺、ただの図書館……こちらで言う書物庫の職員です。特技は速読と本の整理、修復です」

物語のようなことが起きてしまっても、自分はそこで主人公になれないのだ。

ハズレくじの人生なのだから。


その夜、章は最初に飛び込んだ王宮の書物庫に潜り込んでいた。

王宮の一室に宿泊させられたが、勝手に出入りしないよう入り口に見張りを置かれた。部屋にあったティーセットでお茶を淹《い》れ、たまたま持っていた風邪《かぜ》薬をそれに混ぜて見張りに差し入れたのだ。しばらく時間がかかったが、章がこっそり出ていくのに気づかないくらいには居眠りしてくれた。

書物庫で章はがむしゃらに〝帰り道〟を探した。

(帰らなきゃ、俺、とんでもないことに巻き込まれてしまう……！)

昼間、自分が能力者ではないと判明するやいなや、神官たちの態度がきつくなり「次の計画に移行しよう」などと話し始めた。

その〝王を覚醒させるための次の計画〟の全容に、章は恐ろしくなって逃げ出したのだ。

「誰だ」

低く静かな声がして、章は棚の下に身体を隠した。

「咎《とが》めはしない、出てきなさい」

聞き覚えのある、心地のいい低い声だった。

「……あ、アスラン？」

章は棚から顔を出す。

燭台《しょくだい》を手にしたアスランが、ぱっと表情を明るくした。

「なんだショウか。こんばんは。こんな時間にどうしたの、てっきり侵入者かと」

なぜかその笑顔にほっとして、章は立ち上がって一礼した。夜もいるということは、きっと彼はこの書物庫の警備担当なのだろう。

「ごめん。俺、泥棒とかじゃなくて」

「そんなの分かっているよ、どうしたの冷えるだろう。ほら」

アスランはそう言って立ちすくむ章に、厚手のストールをかけてくれた。

優しい言葉と仕草に鼻がツンと痛くなった。

この数時間で起きたことが、急に蘇《よみがえ》って息が詰まる。

突然引きずり込まれた知らない世界で、章が「ハズレ神子」だと分かると手の平を返したように冷たくなった神官たち。さらにこれから起きようとしている国王をめぐる〝花嫁レース〟――。

ぽたっ……と涙が頬に落ちる。優しいアスランに、思わずこう言ってしまった。

「……俺を日本に帰して……」

おやおや、とアスランが章の肩を抱き、椅子に座らせてくれた。

涙の理由を問われたので、章は今日起きたことを全てアスランに話した。

自分が手違いで召喚された、能力のない〝ハズレ神子〟だったこと。自分の第二の性がベータだと言われたこと、そしてこれから起きる面倒事――。

「……国王の番候補を集めて、競わせる？」

アスランも目を瞠《みは》って復唱していた。

章は小さくうなずいた。

神子の召喚が失敗した際の計画が、神殿にはあったのだ。

国中から容姿端麗で優秀なオメガを集めて、国王の番候補として競わせる……という。

明日からその招集が始まるのだと聞かされた。

国王が番を得ることで『未来を見る』力が開花するのでは、という有識者の進言があったのだという。

「なんとくだらない」

「……そこに俺も入れと言われたんだ……優秀な候補が集まるから、俺が選ばれる可能性は低いだろうけど、神官長が強く推して……」

そんなのできるわけがないと章は固辞したが、住《す》み処《か》なしの無職でこのまま街に放置、と、衣食住が保証された番候補としての生活――の二択を迫られたのだ。

「俺、顔も見たことないおじさんの『つがい』っていうのになるために、他の人と競わないといけないだなんて……しかも、元の世界に戻す方法はないから、レースに負けたら住所不定無職だって……ううっ……」

章は袖口で涙を拭《ぬぐ》った。

話を親身になって聞いてくれていたアスランが「おじさん」と意味深に復唱している。

「こういう物語、俺読んだことあるんだ。異世界に召喚された主人公は大活躍するんだよ……なのに俺ときたら能無しのハズレ神子だって。物語みたいに活躍するなんて無理なんだよ」

だから逃げようと思った、と打ち明ける。

章の肩をアスランがそっと抱いて、さすってくれた。

「ショウ、たぶんここには帰り道はないと思うんだ」

そうだろうな、と章も思う。

「でも、帰るヒントなら見つかるかもしれない」

アスランはそばに置いていた燭台を壁に照らした。浮かび上がるのはおびただしい数の書物。

「そうか、文献か……！」

章はそばにあった本を開いてみる。しかし、書かれていた文字は読めなかった。ただし見覚えはあった。最初に図書館に持ち込まれた、あの書物と同じ言語なのだ。

「読めないの？　話せるのに？」

アスランに言われて気づく。みんなが日本を話しているのではなく、自分が現地語でコミュニケーションが取れているのだ、と。

アスランが何冊か運んできてくれた。

「これは精霊の解説本、これは神獣の伝説が記された本、これは精霊魔法薬学の本――」

どれも自分の世界にはないものばかりで、章の好奇心がむくむくと膨らんでいく。

アスランは、ここにある本は全て読破したという。神殿に関する本もあると教えてくれた。さすが王宮の書物庫を任される人物だ。

「ああ、ごめん。全て読破したと言ったけれど一部訂正するよ。奥の書架にある本は古すぎて読んでない……というか読めない」

奥の書架に案内されると、ボロボロの本が雑に積まれていた。この書物庫の三分の一は占めるのではないだろうか。中には大胆に中身が飛び出た本や、背表紙がふにゃふにゃで縦に保管することすら難しい本もあった。

「貴重な記録だろうに、こんなにぼろぼろだなんてかわいそうだな。帰る方法が書かれた本があったとしても無事かどうか。きちんと修復されてるといいんだけど」

「修復？　そんなことする人はいないよ。本は傷むものだ、読めなくなったらそれまで。この書架の本も近く処分される」

そういう文化なのだろう。神官たちの話を聞いていても口伝が多かった。あまり歴史資料を重視しないようだ。

「本って修復できるんだよ、俺はそういう仕事もしてた」

「本当に？　すごいね、見てみたいな」

じゃあ、こうしないか、とアスランが提案する。

「自分の世界に帰る文献は見つけられたとしても読まなければならないよね？　私が読み

書きを教えるよ」

　いいの、と章の首がにゅっと伸びる。

「もちろん。話せるならきっと読み書きもすぐ覚えられる。代わりに、私が気になっている本を修復してくれないか」

　章は何度も首を縦に振った。司書になってから四年、通常の本の修復だけでなく貴重書の修復も専門の先生に学んだノウハウがある。字が読めるようになれば帰り方を探しながら、魔法や神獣の本など、自分の世界では絶対に読めない本が読める。本好きの章にとってはありがたい提案だった。

「そういえばアスランっていくつ？　背は大きいけど」

「二十二だよ」

「年下だったんだ、俺は二十六」

「えっ……そんな愛らしい容貌で……？」

　童顔を指摘されてムッとしつつも、章は先輩風を吹かせたくなった。

「見た目はアレでも俺のほうが、年上だからね」

　威張るポーズをしてみせる。

　アスランは頬杖《ほおづえ》をついて、にこにことこちらを眺めていた。

「はいはい、年上年上」

自分がこれほど人に打ち解けたことがあっただろうか、と章はふと思った。

心強い友人ができたものだ。しかも彼も書物庫の担当なら、仕事も似ているし話も合いそうだ。

「ありがとう、アスラン。少し前向きになれたよ……ああ、でも」

「どうしたの？」

「読み書きを習ったり本の修復をしたりするためには、王宮に残って、番候補にならない

といけないんだよな……」

「具体的にはどんなことするの？」

昼に聞いた説明を思い出しながら、章は指を折った。王宮マナーや基礎知識の勉強、芸

術やファッションに関する実技、そして三日に一度の国王との面会——。

「はあ……面会って何するんだろう。キャバクラみたいな接待しないといけないのかな」

「キャバク……？」

章の独り言に首をかしげるアスランは、大きな男なのになぜか愛らしく見える。美男の

なせる技だ。

「男の人にお酌したり良い気分にさせたりする仕事場のことだよ」

ああ、と肩を寄せたので通じたようだ。

「接待、苦手なんだよなあ」

「私とは話せているじゃないか、そのままでいいと思うけど」

アスランが肩を叩いて慰めてくれる。

「そりゃ、アスランは最初に出会った親切な人だし、普通の人だから話しやすいよ。でもここにいる高官とか神官とか、すごく偉い人らしいんだ。もう怖くて緊張してしまって」

「神官も偉そうにしているだけでただの人間だよ」

アスランの高笑いが書物庫に響く。「思いついたんだけど」と、アスランが頬杖をついたまま本をぱたぱたとめくった。

「書物庫って王宮だけじゃないんだ、国内に五箇所あるんだ。国王の番になったら立場的に国中の書物庫を自由にできるようになるじゃないか」

章はぱっと自分の口元を押さえて、感動の大声を堪《こら》えた。

(国中の本が、俺のもの……？)

なんと素晴らしい響きだ。

「そうか。国王のパートナーになればどの図書館も行き放題、日本への帰り方も調べ放題だ……！　しかも相手は王様、妃とかきっと何人もいるし、一人くらい番がいなくなったって平気だろうし」

だったらこの番候補のレースで成績を残して気に入られて、帰り方を見つけてぱっと消えればいいのだ。

しかも、帰り方が見つかるまでは、未知の本が読み放題。祖母も他界し、自分を心配してくれる人などいないのだから、時間がかかったとしてもその点、心配ない。

「いや、王は独り身だよ、妃も王配もいない」

めずらしいな、と章は思った。世継ぎだなんだと早めに結婚させられるのかと思っていた。

「でもたぶん、制度上は何人も奥さんにできるよね？」

「まあ、前王はそうだったね」

だったら大丈夫だ、と章は拳を握った。おじさん国王と一世一代の恋に落ちるわけでもないのだから。少しでも気に入ってもらって、なんとか「君合格ね」などと言われたい。

「俺、頑張って国王の番になるよ。おじさんは苦手だけど、何度か接待に行ったことあるし。首をかじってもらえたら合格らしい。よし、頑張ろう。かじってもらうぞ！」

アスランは頬杖をついて、章の声明をにこにこと見守っている。

「頑張って番になってね、約束だよ」

「うん、読み書きと本の修復のこともね。ここで落ち合う?」

カツカツ、と足音が聞こえたと思ったら、書物庫の扉が勢いよく開いた。

章は思わずアスランの背中に隠れる。自分の部屋の警備兵が探しに来たと思ったのだ。

しかし、声をかけられたのはアスランのほうだった。

「やはり書物庫でしたか、夜は危険です。お部屋にお戻りください」

明らかにアスランより年上の男性が、丁寧な口調でそう言った。

(お部屋? ここの担当じゃないの?)

アスランはゆっくり立ち上がり「ああ」と返事をした。その声音がピンと張り詰め、これまでの穏やかな雰囲気から一変していた。なぜか少し怖いとさえ思った。

「アスラン……?」

アスランは章を振り返って、「暖かくして寝て」と肩からずり落ちたストールを、ぐるぐるとまき直してくれた。ふわりと優しい香りが章を包む。

男性がアスランを急《せ》かした。

「明日は早朝から予定がございます。どうぞお戻りになってお休みください、国王陛下」

章は目を見開いた。

(今、アスランをなんて呼んだ?)

たしか、こう言った。

——国王陛下、と。

アスランは扉に向かって歩きながら、少しだけ振り返って手を振った。

「約束だよ、頑張ってね」

小声でささやき、片目を閉じたその仕草は、美男がすると映画のワンシーンのようだった。

二人が去ったあと、章はガタッと椅子に崩れ落ちた。

「こ、国王、陛下……？　おじさんは……？」


呆《ほう》けた状態で逃げ出した部屋に戻ると、ちょうど部屋の前で警備兵が慌てていた。

「あっ、戻ってきた！　神子とはいえ勝手な行動は許されないぞ」

章は「トイレに行こうとして迷った」と言い訳をして部屋に戻る。すると中で、一人の男児がちょこんと床にひざまずいてこちらを見ていた。五歳くらいだろうか。褐色肌で銀髪の、不思議な容姿の男児だった。

「おかえりなさいませっ、ぼ、僕、ヤノと申します！」

少年はひざまずいたまま、その場でぺこりと頭を下げた。自然とお尻《しり》が上がって、そこからひょこっと生えているのは、髪と同じ色の尻尾《しっぽ》だった。ふさふさとした尻尾が左右にぶんぶんと振れている。顔を上げると、側頭部に三角の耳がついていた。

「神子さまの獣僕としてお仕えすることになりましたっ、どうぞごしどうごたつべんのほど、よろしくお願い申し上げます」

緊張しているのか、うまく言えずに戸惑っている。

しかしこちらはもっと戸惑っていた。

人間のようで獣の特徴を持つ男児が、自分に仕えると言って尻尾を振っているのだ。理解が追いつかない。

「じゅ、じゅうぼく？　それに君は……人間なの？　その耳と尻尾はコスプレ……？　そもそも仕えるって」

壁に張りついて警戒するが、ヤノと名乗った男児は、てててっと駆け寄って首から提げた木札を見せた。文字が彫られているが、もちろん読めない。

「そうでした、神子さまはよその国からいらしたんですよね。この国では獣人は高貴な方に一生仕える『獣僕』になるのです。神子さまは獣僕がいらっしゃらないので、ぼくが神子さまの獣僕として、神殿に選ばれて派遣されました」

自分の腰くらいの背丈のヤノは、にかっと笑って木札を大切そうに胸元にしまう。結局、何という言葉が彫られていたのかは分からなかった。

「もうおやすみになりますよねっ、ベッドメイキングも終わっております！」

そう言って指し示した先のベッドは、シーツも枕《まくら》も、ぐちゃあ……と乱れていた。

「なんでもお申しつけください、ぼくは十人兄弟のなかで一番身体は小さいのですが、一番賢いって言われてるんです。必ず神子さまのお役に立ってみせます！」

琥珀色《こはくいろ》の瞳をキラキラと輝かせ、尻尾をぶんぶんと振って、「何かご用事は」「さあお申しつけください」と鼻息荒く詰め寄ってくるヤノに一抹の不安を感じながら、章は思わずこう言ってしまったのだ。

「た、頼もしいな。よろしくね、ヤノ」

＋＋＋＋＋

第三十二代ムゼ国王・アスラン三世は、神殿からの報告を受けていた。

代々国王の伴侶《はんりょ》選定は、神殿が取り仕切る。

神官が候補を選定し、その中から国王が選ぶのだ。かつて、国王が大恋愛の末に娶《めと》った王妃が、国王の崩御後に国を傾けた歴史があり、そのような仕組みになったと聞いている。

神殿からは淡々と報告を受けた。

召喚神子が現れたこと、彼がベータであること、どうやら手違いで召喚された無能力者だということ、第二案として準備していた「番候補の教育と選定」を始めること――。

昨夜《ゆうべ》、書物庫でショウから聞いた話と同じだったが、一点気になった。

神官長で兄のエドゥアルドが、こう言ったのだ。

「それでも私は、あの神子が最有力候補だと思います」

「それは神官長としてのお考えですか、兄上」

問うと、エドゥアルドが「私の願望です」と胸に手を当てた。

神官たちが、顔を見合わせて呆《あき》れたように笑みを浮かべる。

その様子でショウが、神官長エドゥアルド以外からは〝ハズレ〟扱いをされているのが見て取れる。

臣下の一人が不満げな表情を隠そうともせず、神官に反発した。

「その十人もの番候補と、なぜ頻繁に面会が必要なのですか。陛下がご多忙なのはご存じでしょう」

「面会で、能力覚醒の兆しが分かるかもしれませんので」

そう返されると、誰も文句が言えなかった。

国幹部、神殿、国民――誰もがアスランに対して求めているのは、伴侶捜しではなく、伴侶を得てギフテッドアルファの能力を全て覚醒させることなのだ。

ギフテッドアルファであるアスランは、知能、肉体ともに能力が高く、意中の相手をオメガ化させることもできる。しかし「未来を見る」という能力が未開花なのだ。

この能力こそ、ギフテッドアルファが王に選ばれる所以《ゆえん》だというのに、アスランが覚醒しないまま先王である父が他界してしまった。

その父もギフテッドアルファで、他界前にはアスランに「そなたの神子が召喚される日が来る」と言い残した。きっとアスランの未来を見たのだろう。

神子と自分がどうなるか、は教えてくれなかった。

自分の未来くらい、自分で切り開け――と。

手違いで別人が来る、とまでは予見できなかったのだろうか。

(そんな日が来るまでに、自分で『未来を見る』力を開花させてみせると思っていたんだが)

ぼんやりと父を思い出していると、神官に丸め込まれた臣下たちが面会時間の調整を終えていた。

「陛下、どうか番候補の中からよきお相手を見つけ、一刻も早く能力の解放を……」

アスランは静かに「努めよう」と答えた。

彼らは不安で仕方がないのだ。

若くして即位したのは、『未来が見えない』王。ギフテッドアルファの欠陥品だ。能力が当然のようにあった先王の治世に慣れている者たちは、未来が分からないことが恐ろしいのだ。

「好いた者と番になりたいと、思っていたんだがな……」

ぽつりとそう漏らすと、神官がにこにこと進言した。

「いえいえ能力覚醒のために番になるのですから、心は伴わずともよろしいのです。お気に入りができれば側室になさいませ。番候補の中によい者がいれば手配いたしますよ」

もちろん能力覚醒後の話だが、と念を押して。

ふと、あの神子——ショウの顔が浮かぶ。

『俺、頑張って国王の番になるよ——首をかじってもらえたら合格らしい』

番の意味をぼんやりとしか理解しないまま、愛咬《あいこう》の儀——アルファが性交中にオメガのうなじを咬み、正式な番になる儀式――に向けて「かじってもらうぞ」と意気込んでいた彼を思い出し、口元に手を当てて肩を揺らした。

臣下が「どうされましたか」と心配そうに見上げる。

「いや、面白くなりそうだな」

そう言うと〝王の顔〟に戻して、次の議題に入ったのだった。

【2】

章が召喚された日から数日の間に、王宮には荷物を抱えた人の列が続いた。ヤノいわく、国王の番候補たちが続々と入居しているのだという。

「国王陛下の番候補ともなれば、みなさま身分のある方のご子息、ご令嬢でしょう。お荷物も多いのでしょうね」

ヤノはそう言って、窓から列を見下ろしている章にいくつかの布地を当てた。

「何してるの？」

「お召し物を選んでます、国王陛下のお気に召すよう素敵な意匠にしましょうね！」

そう言って章の身体に沿わせているのは、赤い生地に黄色と緑の刺繍《ししゅう》が入った派手な布地だった。

「……派手だね？」

「そうですか？　ではこちらは？」

紫の生地にピンク色の糸で果物の刺繍が施された反物を、ヤノは広げてみせた。

国が違えばセンスも違う。章はヤノに生地選びを任せたのだった。

「ありがとうございます、素敵なお衣装にしますね。三日後の候補たちの顔合わせ日には間に合わせますから！」

よろしくね、と微笑みつつ、章は不安になるのだった。

ヤノは可愛《かわい》らしくてやる気があるのだが、空回りする性分のようで、お茶を運んではこぼし、部屋を掃除してはどこかを汚す。しかも幼いせいか、充電が切れたように床に突っ伏して寝ていることもある。

そして失敗を謝りながらも「僕の実力はこんなもんじゃない、もっとお役に立ってみせます」と決意表明をしてくれる。

可愛らしいのだが、章のすることは増えていく。

章はぽりぽりと頭をかいて、気を取り直した。

（おかげで、余計なことを考えずに済む）

ヤノの尻拭いがなければ、時間を持て余し、現状にくよくよしていただろうから。

足下でヤノは楽しそうに生地を選んでいた。

「候補の中で一番目立てるように頑張るぞ～！」

――確かに、目立ってはいた。派手さで。

「やだ、何あれ」「第一印象で勝負しようとしているのかな」

一堂に集まった神殿で、候補たちが章を見てくすくすと笑っている。

（みんな地味な色の服着てる！）

三日後に行われた、国王の番候補たちによる顔合わせでは、十人の候補たちが集まった。男性のオメガが六人、女性のオメガが三人、そして男性のベータである章――。

章は自分の立ち位置も忘れて見とれてしまった。おとぎ話の中にいるような美男美女が勢揃いしているのだ。男性のオメガは自分と変わらない背丈だが、少女漫画に出てくるようなすらりとした美形で、女性のオメガたちは妖艶《ようえん》な美女揃いだ。

しかし、その美形揃いの候補たちの中で、一番目立っているのは間違いなく自分だった。それもそのはず、誰もが黒や白、紺などの無地の衣装を纏《まと》っているのに、章だけが赤に黄色と緑の刺繍が入ったど派手な服を着ているからだ。

デザイン自体はいい。パンツの上から詰め襟の長い上着を纏い、太いベルトでウエストをきゅっと締めるので、スタイルが良く見える。

番候補だけでなく、神官や候補の獣僕たちも、遠巻きに苦笑している。

ヤノは耳が良いのか、章が笑われていることに気づいてしまい、顔を真っ赤にしてうつむいている。三角の耳がへなっと倒れ、服を握る手が震えていた。

るのだが。

（ああ、かわいそうに）

着るものに頓着《とんちゃく》しない章にとっては、どんな服でも構わないのに。祖母の手編みのカーディガンやセーターだって、高校時代から笑われていたが、本人はなんとも思っていなかった。ただただ、祖母が嬉《うれ》しそうだから着ていたのだ。祖母亡き今は、恋しくて着てい

ヤノが罪悪感にさいなまれないよう、自分だけは胸を張っていようと背筋を伸ばす。

神官長エドゥアルドが番候補たちの前に現れると、一同が膝をついた。

王兄であり神官長である彼は、地位の高い人物なのだと分かる。

「みなさま、ようこそお集まりくださいました。神官長のエドゥアルドです。僕が王族であることは気にせず、楽にしてお聞きください」

そう挨拶すると、これからの「選定の儀」について説明を受けた。

王の番たる者、心身ともに健康で教養豊かで、人格も秀でていなければならない。その条件を兼ね備えた者が、王の未開花である能力も引き出すことができるだろう——。

エドゥアルドはそう説明し、番候補たちの今後のスケジュールを発表した。

午前は座学、午後は作法。その間に三日に一度は国王陛下との面談を行う——と。

候補たちは、歓喜の声を上げた。

「国王陛下に会わせていただけるんですかっ」

「ええ、もちろん。お互いのことを知らなければ番にはなれないでしょう？」

エドゥアルドはにっこりと微笑んで、こう続けた。

「時間が許す限り、語らうもよし、お茶をするもよし――」

するとそばにいた別の神官が、章に視線を送りながら付け加えた。

「自慢の衣装をご覧いただくもよし――」

すると周囲が再び、くすくすと笑って口元を隠した。

候補者の中で、一人だけ笑っていない男性がいるものの、彼は自分をにらみつけているような気もするので、誰一人好意的ではない。

奥でヤノが目にいっぱい涙を溜《た》めていた。尻尾が倒れすぎて、股《また》の下をくぐってくるんと前にまで巻きついている。

誰かが聞こえよがしにこう言った。

「あの生地、獣僕が張り切って選んでいたぞ」「神子もハズレなら、獣僕もハズレだな」

ヤノがぎゅっと目をつぶった。大きな雫《しずく》が頬をつたう。

章はいてもたってもいられず大きく息を吸って、立ち上がった。

心臓がばくばくするのを手で押さえながら抗弁した。

「あの、このオリーブの柄は、俺の世界では平和の象徴で縁起が良いものなんです。気に入ってるんです！」

その場にいた半数ほどの人が「へえ」という顔をして、興味深そうに章の衣装を凝視した。残り半数は「強がって」などと鼻で笑っている。

「柄は良くても色合いが最悪じゃないか、なんだ赤と緑って」

そうなじる者もいた。

それでも、ヤノは顔を上げていた。尻尾がぶんぶんと振れている。章が喜んでいるのを見て嬉しくなったのだろう。

「説明は終わったのかな」

凛とした声が、神殿に響く。

その場にいた章以外の人々が、一斉にひれ伏した。神官の慌てたような声がする。

「こ、国王陛下！　こんなところにまで足をお運びに……！」

アスランだった。

（やっぱり、アスランが国王陛下なんだ……）

美しい容貌もさることながら、彼の纏う空気に誰もが圧倒された。

突然太陽が現れたかのようにまぶしさすら感じられる。

初めて会ったとき章が神か天使と勘違いしたように、アスランには〝選ばれし者〟の圧倒的なオーラがあった。そう感じたのは章だけではないようで、膝をついて番候補たちも一様に頬を染めて、ほうとため息をつくほどだ。

章は隣にいた候補の女性に服の裾を引っ張られ、「膝をつきなさい、礼儀知らず！」と怒られる。慌ててひれ伏すと、顔を上げるよう命じられた。

「ようこそ、私の王宮へ」

書物庫で出会ったときと同じ民族衣装に、地紋の入った黒のマントを着用していた。

「突然招集されて驚いた者もいるだろうが、気負わず過ごしてくれ」

そう簡単に挨拶《あいさつ》をすると、きびすを返し神殿を出ていく。

扉が開く直前、アスランは立ち止まって候補を振り返った。

「勘違いしてもらっては困るが、私は番など欲していない。父の予言と、神殿の取り決めを重んじるという国の戒律に従っているだけだ。王宮、神殿内では立場をわきまえて行動せよ」

凍《い》てつくような声だった。

「それと」

アスランは少しだけ微笑む。

「私の好物がオリーブだと知ってその柄を選んだのなら、大したものだな」

そう言い残して神殿を出ていった。

誰に向けてなのかをアスランは言わなかったが、ヤノに視線を向けると、両手を組んで目をきらきらと輝かせていた。

きっとからかわれていた章に助け船をくれたのだ。ヤノは先ほどのしょんぼりはどこに行ったのか、尻尾をぶんぶんと振って、したり顔でふんぞり返ったのだった。

説明が終わり、部屋に戻るとヤノが駆け寄ってきた。

「ほ、ほ、褒められましたね！　国王陛下に！」

「うん、褒められちゃったね！　ヤノが選んでくれた服のおかげだよ！」

章はヤノを脇《わき》の下から抱えて、ぐるぐると回った。

ヤノは「お役に立ててよかったですう」と喜んで尻尾を振っていたが、はっと我に返り「おろしてください」と要求する。

「僕は獣僕ですから、主人に抱っこされちゃだめなんです。甘えたら獣僕失格なんです」

違うよ、と章はヤノの頭を撫《な》でた。

「俺がヤノを抱っこしたいから、言うことを聞いてもらってるだけなんだよ。甘えじゃなくて、俺がヤノに甘えてるんだ」

「へっ？　そうなんですか？　で、では……どうぞ……」

ヤノは照れ顔で尻尾を振って、両手をこちらに伸ばしてきた。もう一度抱っこをどうぞ、というポーズらしい。

章はヤノを抱きしめて、またメリーゴーランドのようにくるくると回っていると、あらたまった顔で礼を言われた。

「あの、でも、お衣装のことで……僕を庇《かば》ってくださり、ありがとうございました。素敵な方の獣僕になれて僕しあわせです」

ヤノは見た目のわりに、とても賢い子だった。

「ヤノ、俺の世界でオリーブが平和の象徴なのは本当のことなんだよ。世界の秩序を保つための組織の旗にもなってるんだ」

「そう……なのですか？」

ヤノの尻尾がまた左右に振れる。

「うん。次に作るチャンスがあったら、ヤノの好きな生地を選んでみて。俺はそれも着てみたいな」

はいっ、と元気の良い返事をして、ヤノはとても苦いお茶を淹れてくれた。

番候補の厳しい教育は翌日から始まった。

一堂に集まって行われた最初の座学は、大学でいうオリエンテーションのようなものだった。それぞれに丁寧な彫り物が施された机と、背もたれのない腰かけが与えられ、講師を囲むようにして着席させられる。

講師は古株の神官——という雰囲気の男性だった。白髭《しろひげ》に手を当てて、番候補たちが集められた所以をとつとつと語る。

ギフテッドアルファの王がこのムゼ王国を繁栄させてきたこと、能力の未開花の王を番が支え、本来の力を発揮させてきたこと、その番の多くは能力の高い召喚神子であったこと——。

召喚神子のくだりになると、他の候補たちからくすくすと笑いが漏れた。

昨日から薄々と感じていたが、彼らは知っているのだろう。召喚神子である自分が〝ハズレ〟だったことを。

（あの人はやっぱり笑わないんだな）

章は、一人だけ無表情の番候補に視線をやった。

昨日もそうだったが、端に座る赤毛の青年だけが章を嘲笑《ちょうしょう》しなかった。襟と袖にフリルをあしらった白ブラウスに、光沢のある黒地の長上衣を着た青年。赤毛が外向かって軽やかに跳ねている。自分に対して好意があるから笑わない、というよりは、関心がないだけだろうとは思うのだが。

それでも、嘲笑されることにはさほど傷つかなかった。

これまでの人生を振り返っても、本ばかり読んでいたため、中学でも高校でも少し浮いていた。いや、傍《はた》から見るとかなり浮いていたかもしれない。

ＳＮＳなどを使って根回しし、あえて章をクラスの代表に選ぶなどしていたかつての同級生たちに比べると、ここに集う番候補たちは育ちが良いのか、嘲《あざけ》りが露骨で清々《すがすが》しい。

ヤノが言うには、王の番の座をなんとしても手に入れよと、家から期待されている者が多いのだそうだ。王の伴侶となれば当然親も重用されるからだ。

神子として召喚された章への敵意は、必死の裏返しでもある。

神官はギフテッドアルファの『未来を見る』能力について、詳しい説明を始める。

「歴代国王の半数はギフテッドアルファで、未来を見ることで諸外国からの侵略や災害からこの国を守ってきた。国の舵取《かじと》りには不可欠な能力と言える」

神官は強調した。今回の招集の目的は、国王の番を見つけることではなく、国王のギフテッドアルファとしての能力を完全に覚醒させることだ、と。

午前の部が終わると候補たちは一旦解散する。部屋に戻る者もいれば、庭などを散策する者もいるようだ。

迎えに来てくれたヤノと手をつないで帰ろうとしたところを、背後から呼び止められた。

「待ちたまえ、召喚神子どの」

呼び止めたのは、あの赤毛の青年だった。

ディミトリと名乗った彼は無表情だったが、呼び方のせいか、その場にいた候補たちがくすくすと笑っている。

章も名乗って応対すると、ディミトリはヤノを指さした。

「それが君の獣僕か？　いくらなんでも幼すぎないか」

ディミトリの背後には、めがねをかけた長身の獣人男性が立っていた。耳が丸く尻尾が長いのでネコ科のようだ。周囲にいる候補の獣僕は男女問わず青年が多く、確かにヤノだけがとびきり幼い。

「さあ、どうでしょう。神殿から派遣してもらったので分かりません」

神殿から、と周囲がざわついた。何か場違いな発言をしてしまったのだろうか。

ディミトリが呆れ顔で教えてくれた。

「神殿から派遣、とは神託を受けた、選ばれし獣僕ということだ」

彼によると、多くの貴族は自身で獣僕を買いつけるが、王族や一部の選ばれた者だけは、神殿を通して神託を受けた特別な獣僕が与えられるのだという。

他の候補に同伴している背に鳥の羽を生やした獣僕が、ヤノを見て「選ばれるのが早すぎたようだね」と嫌みを口にする。

ヤノは章と手をつないでいたのが急に恥ずかしくなったのか、慌てて離してぎゅっと拳を握りしめていた。

「ヤノ……」

章がヤノの顔をのぞき込もうと膝をつくと、ディミトリの獣僕がため息をついた。

「主《あるじ》に気を遣わせるどころか、膝までつかせて。何をやっているんだか」

かっと顔を赤くするヤノに、章は何もしてやれなかった。今章が反論したり手を出したりすれば、また他の獣僕からヤノが咎められるからだ。

ああ、まるで自分のようだ、とヤノを見て思った。

地味で冴えない、本ばかり読んでつまらない——。

何か人と違う部分を嘲笑され、雑に扱われてきた。最初は今のヤノのように傷ついていたが、章は次第に〝諦《あきら》め〟を覚えた。それが最適解なのだと自分に言い聞かせて。

「ヤノ……ごめんね」

その場を離れ、二人で昼食を摂《と》りながら、章は謝罪した。

「えっ、突然どうしたのですか？」

少し元気がないが、気を取り直していたヤノが聞き返す。

「俺が冴えないから、ヤノにまでみんなが意地悪言っちゃって」

ショウさま、とヤノがこちらをまっすぐに見つめる。

「意地悪を言われたことと、ショウさまのことは関係がありません。言うひとが意地悪なことが原因です」

五歳の容貌のヤノが、核心を突いてくる。

「すごいね、そんなふうに言えるの」

「獣人は一歳半で成獣人となります。身体の成長はなぜかすごく遅いんですが、僕はもう五歳なんで一人前なんです」

ヤノによると、獣人は本来なら体格は二歳くらいまでに成長が終わり、三十歳くらいまでは容貌が変わらないのだという。そこから老年期に入り五～十年で寿命を迎える。

「そうか、成長曲線が人間みたいにゆるやかじゃないのか」

「はい、この国の人間の寿命が七十歳くらいですので、お一人の生涯に獣人がお仕えするのは二人くらいでしょうか」

「同時に複数の獣僕はつかないの？」

「盟約で獣人の一生を縛るので、人は獣人を尊重し、複数と盟約を結んではならないことになっています」

なので、他の獣人たちもおそらく五歳～十五歳くらいなのだという。

「僕だけどうして大きくなれないんでしょう。兄弟のなかでは賢いって言われていたんですけど、獣僕学校では特に身体を使う課程の成績は最下位で。本当は隠していたかったのですけど……」

「でも、俺はヤノが今のヤノでいてくれて嬉しいな」

「どうしてですか？」

「大きな獣僕がずっと一緒だと、部屋が狭く感じるじゃないか」

チーズの載った薄いパンにかじりついて、章は「おいしい」と漏らした。ヤノがそのパンは「ハチャブリ」という名前だと教えてくれた。

「そうですね……小さいほうがお役に立てることもありますよね」

ヤノはふふっと笑って、自分もハチャブリにかじりついたのだった。

午後は作法を学ぶのだが、最中に一名ずつ呼び出され、別室に移動させられた。

国王陛下――アスランとの面会だ。

(面会って何を話すんだろう)

一日三、四名が国王と面会するので、三日に一度は回ってくる計算だ。

その日、章は四番目に呼ばれた。

案内された談話室は、談話室というには広すぎる部屋で、調度品もファブリックも、自分たちが生活している王宮内神殿部の何倍も豪奢《ごうしゃ》だった。自分の部屋でさえ、豪華すぎると思っていたのに。

「来たか」

入室すると、アスランが窓際に立ってこちらを振り返った。

章は神官に習った通り、数歩寄ってその場に膝をついた。

「挨拶はいい、座れ」

促すアスランの口調に、章は違和感を覚える。言い方もそうなのだが、声も固い気がするのだ。

談話室は企業の応接室のように、テーブルを挟んで布張りの一人掛けの椅子が置かれている。応接室と違うのは、テーブルが大きく、向かい合って座っても二メートルほど離れていることだ。

「ショウ・フミモリ……出身はニッポン……？　二十六歳……ベータ」

アスランは、まるで章と初対面かのように書類に目を落とす。ちらりとこちらに向けた視線もどことなく冷たい。書物庫で親切にしてくれた彼は、混乱した自分の錯覚だったのだろうか。

それでも国王陛下とは知らず無礼を働いたことを謝ろうとした。

「あ、あの」

口を開いた瞬間、彼の手の平がこちらに向けられた。

「発言を許すとは言っていない」

書物庫で自分が冷えないようにと首にストールをぐるぐる巻いてくれたアスランは、そこにはいなかった。

そばに控えていた高官が、そのやりとりにクスと笑いを漏らした。礼儀も知らない章を馬鹿にするように。

「何がおかしい」

アスランが書類に視線を落としたまま冷たく尋ねる。高官は咳払《せきばら》いして「失礼いたしました」と慌てて頭を下げるが、アスランは承諾しなかった。

「笑うしかやることがないなら下がっていいぞ」

「いえ、しかし、国王陛下を素性の分からぬ者と二人にするわけには」

「この者も下がらせる。そなたは次回から別の仕事をするといい、番候補を『素性の分からぬ者』と嘲笑する人物は、この面会の目付役にはふさわしくない」

高官は顔を真っ青にして退室する。自分にも下がるよう命が下ったと判断し、章も追いかけるように立ち上がる。

胸がじくじくしていた。誰に嘲笑されてもがっかりされても、アスランは自分をそんなふうに扱う人ではないと期待していたことが恥ずかしくなった。

（そうだ、一番がっかりしているのは彼なんだ。自分の能力を覚醒する力のない〝ハズレ神子〟なんだから）

アスランに「失礼します」と一礼し、扉を開こうと取っ手を引いた。しかし開かない。

「あれ」

背後から手が伸びてきて、扉を押さえられたのだ。同時に耳元で低い声がした。

「振り向かないで。就寝前に書物庫で」

低くささやくような声に、章はどきりとした。

キイ、と音をたてて大きな扉が開く。ちょうど入室しようとしていた別の高官が目の前に立っていた。

章の背後にいたアスランは「面会は終わった」とだけ告げ、扉を大きく開いて章に退室を促す。

章はアスランの顔を見ないまま頭を下げ、逃げるようにその場を去った。

心臓がばくばくと跳ねている。

先ほどの冷たい彼は誰だったのか、最後にささやかれた二人だけの秘密ごとは、一体何が目的なのか――。

(就寝前って、今夜のことだよな。それじゃまるで密会みたいじゃないか)

分からないことだらけで、章はヤノのもとに戻ると、彼の尻尾を触らせてもらって心を落ち着かせたのだった。


「そ、そ、それは夜の逢瀬《おうせ》のお誘いでは……!」

部屋に戻って面会の詳細を告げると、ヤノはふさふさの尻尾をシビビと逆立てて驚いていた。

章は、召喚されて初めて出会ったこの世界の人物がアスランだったのだ、と打ち明ける。

「そのときは書物庫の担当官か警備の人だと思ってて……」

「運命の出会いだったのですね、さすが僕のご主人さま! 頑張ってアスラン陛下を籠絡《ろうらく》してきてください!」

「ろ、籠絡?」

「そうですよ、こんなチャンスありませんよ。他の番候補に負けてはなりません、頑張るのです！」

反面、章は不安に思った。また今日の面会時のような目で見られたら……と思うと行きたくないという気持ちさえ芽生えてしまう。それに、先日は部屋の警護を風邪薬で眠らせたが、もう薬は手元にはない。

（どうやって向かえばいいのか）

夕食と湯浴みを済ませ悩んでいたところで、部屋がノックされた。

ヤノが扉を開くと、黒い長髪の青年が立っていた。二十代後半くらいだろうか、眉《まゆ》が凛々《りり》しく、体格もいいので威圧感がある。

「陛下の獣僕、オレクサンドルと申します。お迎えに上がりました」

オレクサンドルにはピン立った黒い耳と、ふさふさの長い尻尾がついていた。ヤノが「馬獣人です」とささやいてくれる。

オレクサンドルは衛兵に何かを言い含める。すると「お気をつけて」と機嫌良く送り出してくれた。

「兵士になんと言ったんですか？」

「今日の面会で、あなたさまが陛下から夜間の書物庫使用の許可を得た、と伝えました」

なるほど、陛下の許可なら言い返しようがない。

「夜間はいつでも使用していいとのことです、ただし書物庫ですので火気と飲食物にはご注意ください」

手に燭台を持ったオレクサンドルは、長い廊下を歩きながら淡々と説明していく。彼の足が長いので歩行速度が合わず、章は遅れては駆けて追いついた。

ぴたりと足を止めて、じっとこちらを見つめてくる

「……な、何か」

先ほどから全く表情が変わっていないオレクサンドルが、章には不気味に思えた。

「申し訳ありません、速すぎました」

思ったよりいい人だ、と章は簡単に好印象を抱く。

「いえ、俺こそ遅くてすみません」

オレクサンドルは少し沈黙した後、再び歩き出した。

「珍しい方ですね、獣僕に謝るとは」

獣僕は〝人の所有物〟なので、この国の人間が獣僕に章のような言葉遣いをする者はいないのだという。奴隷のようなものか、と章はこれまでの知識に置き換えてみる。

「俺の国には、獣人も獣僕もいませんから……この国の常識はちょっと分かりません」

そういった部分に染まる必要もない、と章は思う。ヤノやオレクサンドルには立派な人

格があり、奴隷のように扱えるわけがないのだ。

（ここに永住するわけでもないんだし）

「お優しい方なのですね……ヤノをどうぞよろしくお願いします。彼はなぜか成長が遅く落ちこぼれですが、成獣となった狼獣人は力、速さ、そして忠誠心も、勝てる者はおりません。必ずお役に立つでしょう。まあ、私も不完全なのでヤノを心配できる立場ではないのですが……」

不完全、というワードが気になりつつも、章は大きくなったヤノを想像してみた。褐色肌に銀髪と珍しい外見なので、きっと格好いいだろう。

「むしろ今のままで大助かりです、知らない世界に召喚されたショックなんて吹っ飛ぶくらい可愛いので。そばにいてくれるだけで救われます」

部屋で留守番しているヤノは、今ごろ何をしているだろうか。ベッドメイキングをしたり、明日の服を用意したりしているのだろうか。そう思うだけで、胸の奥がほわほわと温かくなるのだ。

「……本当に珍しいお方だ」

オレクサンドルがふっと表情を和らげた。無表情でもかなり迫力のある美形ではあったが、笑うと途端に幼く見える。

「私も珍しいものが見られたな、オレクサンドルが笑うなんて」

書物庫の入り口からからかってきたのはアスランだった。

「私との逢瀬なのに、ショウをうっとりさせるなんてずるいじゃないかオレクサンドル」

その茶化すような声音に、章は「この声だ」と胸が熱くなった。

低くて温かみのある、人なつっこささえ感じるこの声が、章の知っているアスランの声だ。面会の際の、張り詰めた氷のような声ではなく――。

「アスラ……いえ、陛下、お待たせしました」

章が慌てて礼をすると、オレクサンドルから燭台を受け取ったアスランがふわりと笑った。

「待ちくたびれたよ、お風呂《ふろ》長いんじゃない？」

そんな軽口も嬉しかった。やはり今の彼は自分が出会ったアスランなのだ、と。

オレクサンドルに書物庫の入り口の見張りを頼み、二人で中に入った。

「今日はごめんね、私怖くなかった？　公務のときはいつもあの顔なんだ」

「い、いいえ、俺のほうこそ、陛下とは知らずこれまでのご無礼の数々……」

謝罪を口にした章の唇に、アスランが指を寄せた。

「だめだよ。二人のときは、私はアスランだ」

乾いた温かい指が唇に触れた瞬間、ふわりと甘い蜜《みつ》の香りがした。彼もきっと入浴を済ませただろうから、石けんの香料だろうか。

「あ、はい、陛下……」

「陛下はだめ、敬語も禁止」

「そんなの無理です」

「年上だって威張ってたのはショウだろう？」

首をかしげてのぞき込むような仕草に、鼻の頭に汗をかいた。

（なんだろう、ふわふわして体温が上がるこの感じ……美形のそばは健康に悪いのかな）

「それは、申し訳……じゃなくてごめん、あの本当に書物庫の人かと思って、同業者なのかなって……」

じゃあ、約束、と言ってアスランは自分の小指を唇に置くと、そのまま章の顎《あご》に移し、ちょんと触れさせた。

「二人のときは立場を忘れる、いいね？」

今度は章の手を取って、同じような仕草をさせる。なんだか指を介して相手の顎にキスをしているような……。

「こ、この仕草は？」

「私の国の、約束をするときのまじないだよ」

日本での「ゆびきりげんまん」みたいなものだと理解はするものの、国家元首が誰とでも軽々しくするものではない、ということくらいは章にも常識で分かる。

その夜は二時間ほど、アスランにこの国の文字を教わった。

アルファベットと同じ仕組みで、母音と子音の組み合わせで読みが決まっていく。なぜか会話は日本語を話すようにできていた章は、音さえ分かれば理解ができた。書物が読めるようになる日も遠くないかもしれない。

「それしても可愛い文字だ」

「ショウの国はどんな文字なの？」

章が紙にインクとペンで『こんにちは』と書いてみせる。

「流れるような文字だね」

「俺の国は、ひらがな、漢字、カタカナと三種類の文字があるんだ」

そう言うと『こんにちは』の下に、『文森章』『アスラン』と書いた。

意味を伝えると、まだインクが乾かないうちにアスランがその文字をなぞった。

「へえ、ショウの名前はこんな文字になるんだね」

漢字には意味がある、と教えるとアスランは章の名前の意味を知りたがった。

「ファミリーネームは『文字の森』、ファーストネームは、物語でいうチャプター……文章のかたまりの単位なんだ」

誰が名付けたのかと聞かれたので、両親だと伝えると、アスランは「チャプター……」と復唱してからこう続けた。

「なるほど、ショウの名付け親の願いが込められているんだね」

えっ、と声を上げる。親も本好きだったからその名になったのだと思い込んでいたのだが、違うのだろうか。

「一章一章、人生を紡いでほしいと願ったんじゃないのかな」

いい名前だね、と言って『章』の文字を真似《まね》て書いてみせた。ムゼの文字は、円や楕円《だえん》を重ねた文字が多いので、角張った漢字は苦手のようで何度も挑戦していた。

事故で他界したために聞くことができなかった名前の由来。正解かは分からないが本好きの親だからこそ、そんな願いを込めたのかもしれない。

目元が熱くなってきたので、うつむく。

「そ、そうかもしれないな」

「きっとそうだよ」

アスランは章にペンをもう一度握らせ、書き文字のテストを始めた。ムゼの言葉で、名前や挨拶を書かせたのだった。

「じゃあ、アスランはこう？」

音の通りに書いてみせると、アスランは訂正した。

「一文字足りないな、最後が『ン』で終わる人物名は、男だけ同じ文字を続けるんだ」

男性は「アスランン」と書いて「アスラン」と読むのだそうだ。

「へえ、面白いね。じゃあ『ン』で終わる名前は、男女ともにあるってことなんだね」

「ご明察」

「アスランン、アスラン……」

章が復唱しながら何度か書くと、くすくすと優しい笑い声が聞こえる。何か間違えただろうかと顔を上げた。

「おかしくて笑ってるんじゃないんだ、名前で呼ばれることがなくなってしまったから、なんだか嬉しくて」

そうだ、彼は国王陛下なのだ。王子の時代は名前で呼ばれていることもあっただろうし、呼び捨てならば親か兄弟くらいだっただろう。若くして即位しているということは、生前譲位でもない限り父親は他界しているのだろうし……そう思ってふと尋ねた。

「お母さんは？」

アスランはその問いに首を横に振って答えた。

「私が十五のときに病で」

思わず謝ると、分かっていたことだから覚悟はできていたとアスランは語った。

「父……前王もギフテッドアルファだから、未来を『見る』ことができた。神官や薬師の力でなんとか母の死を回避しようとしたけれど、厄災と違って病の進行は防げなかった」

章は自分に置き換えて考えてみる。

両親の交通事故があらかじめ分かっていたら、自分だってなんとかしてそれを阻止しようとするだろう。しかし、未来を知ってから阻止するまでの心理的負担はかなりのものになるはずだ、と。

自分だったら耐え切れただろうか。起きると知っていて事故を阻止できなかったら、自分を責める可能性だってある。

「ただでさえ親の死はつらいのに……自分の親が死ぬかもしれないと怯《おび》えながら過ごす子ども時代は、とても苦しかっただろうな……」

章は、手元の「アスラン」と書いた紙を見つめながらぽつりと漏らした。

「……もしかしてショウの親も」

「事故で。育ててくれた祖母も他界したし、俺がこの世界に呼ばれてある意味よかったのかもしれない、俺がいなくなったことで苦しむ人は向こうにはいないから」

「……恋人も？」

その問いに章ははっと吹き出してしまった。

「俺なんかにいるわけないでしょ」

さり、と頬に何かが滑った。アスランの人差し指の背だ。

「だめだよ」

「……え？」

「俺なんかって、言ったらだめだよ。ショウを愛していたご両親やおばあさまが悲しむ」

アスランは章の頬を撫でた指を、自分の唇に寄せた。その仕草がとても優美で、そして官能的で。章の心臓が「ド」と音をたてる。

「それに私の番を目指してくれるんだろう？　私の未来の番を貶《おとし》めないでほしいな」
ド、ド、ドと心音が耳のそばで聞こえてくる。
「そ、そうだね、ごめん……？」

自分でも分からないまま謝ると、アスランが「許す」と首をかしげた。

燭台に照らされたアスランの髪が琥珀色に染まって揺れる。その髪の間からのぞく瞳も、本来のグレーが炎の色を映して揺らめいていた。

その様子がなぜか艶《つや》めいて見えて、自分だって男なのに少女向け純愛小説の主人公になってしまったように、心臓が「きゅん」と音をたてた気がする。

そしてまた、ふわりと甘い香りが漂ってくる。甘いといっても先ほどよりずっしりとした香りで、ずっと嗅いでいたくなる。

(アスランの香水かな)

香りだけで酩酊《めいてい》してしまいそうだ。気分を切り替えようと章は話題を変えた。

「でも、でも、番なんかいらないって候補たちの前で宣言してたじゃないか」

あれは牽制《けんせい》だ、とアスランは肩をすくめた。

「夜這《よば》いでもされたら困るから」

「夜這い！」

アスランは紙にサラサラと人の形を描いた。一人には身体の周りに集中線を、もう一人には引き寄せられるような矢印を。

その絵で、発情したオメガのフェロモンを浴びると、アルファは理性が飛んで引き寄せられてしまうのだと説明した。そして、これまでも何度もそれを狙《ねら》って既成事実を作ろうする者がいたのだ、とも。

枕元に備えた発情抑制薬を飲んだり、獣僕のオレクサンドルがつまみ出したりして防いできたのだという。

「これが臣下の子どもとか、宮殿の人間の身内だったりするから取り扱いが大変なんだ」

「あ……だから」

国王であるときのアスランは、そのために威圧的で他者を寄せつけないのか——と言いかけて手で口を塞《ふさ》いだ。自分にそこまで踏み入る権利はない。

「何？　言いかけてやめるのはずるいよ、ショウ」

アスランはムゼの言葉で『ずるい』と書いてみせる。

「その……昼間のアスランは怖いから……そういうことかなって」

「ああ、そうだね。それもあるけど、みんな〝完璧《かんぺき》なギフテッドアルファ〟の王を求めているからね。振る舞いで、少しでも安心してもらえるなら」

完璧な、に含みを持たせて、窓の向こうに浮かぶ月を見た。

背も高くて体格もいいのに、その横顔ははかなげで、そのまま遠くに行ってしまいそうな雰囲気さえあった。

章は最初の講義で聴いたギフテッドアルファの三大能力を思い出していた。

頭脳、体力ともに群を抜いている、意中の人間をオメガに変異させて番にできる、そして未来を見ることができる——。

アスランは、その『未来を見る』ことができない。

（このはかなげな雰囲気の根底には、そういう悩みもあるのかもしれないな）

章は、先ほど習ったばかりの文字を紙に書いて復習した。『アスラン』と。

「さっき約束したよね。国民じゃない俺にとっては、ただのアスラン」

アスランがこちらを振り向いて、目を丸くしている。やはり「ただの」なんて言ったのは失礼だっただろうか。

しばらくの沈黙ののち、アスランは表情をくしゃっと崩して微笑み「うん」とだけ言った。

また甘い香りが鼻腔《びこう》をくすぐり、章をふわふわと酔わせたのだった。

【3】


番候補たちの朝は早い……はずが。

「寝坊したぁ」

昨夜アスランと別れた後、なぜか気分が高揚してしばらく眠れなかった。

同じベッドで先にスウスウと眠っていたヤノも、章がもぞもぞと起きるので、そのたびに「だいじょうぶれすか」と何度も覚醒した。

そのため朝は二人ですっかり寝過ごしてしまったのだ。

「申し訳ありません、ショウさま。僕、僕、ショウさまの寝台でおねしょまでしてしまって……」

神殿の講堂に向かって走る章に、ヤノがべそをかきながら併走している。

「いいんだよ、ヤノは成長期なんだから獣僕用の小さいベッドじゃなくて広々と寝てほしいし、俺もヤノが一緒のほうがあったかいからさ」

おねしょがバレたら、また他の獣人にバレて笑われてしまうので、シーツを二人で慌て

にかった。

て洗った。寝坊した上に洗濯のタイムロスがあったせいで、朝食を抜いても間に合いそうになかった。

「よし、近道しよう！」

章は王宮から神殿に続く長い渡り廊下を出て、中庭を駆け抜ける。

「わあ、マナーの先生にバレたら叱《しか》られますよぉ」

「どのみち遅刻したら叱られるんだから、早く着いたほうがいいよ」

ヤノと二人で中庭から噴水の横を駆けていると、二人の男性が木陰で話しているのを見かけた。

（やばい、神官だ！　見つかる）

章はヤノを抱っこして、石像の後ろに隠れた。

そっと様子をうかがうと、神官ではなく、豪奢に着飾った壮年の男たちだった。臣下でもなさそうだ。王宮に勤める臣下たちは、宝飾品をさほど身に着けていない。雰囲気としては貴族のように見えた。

「陛下には困ったものだ、お父上と同じようにしていればいいものを……」

どうやら貴族らしき男性たちは、アスランのことを話しているようだった。

（聞いてもいいものかな、これ。密談っていうやつじゃ……）

そうはいっても、今動けば二人に見つかってしまうし、下手すれば盗み聞きしていたなどと言われかねない。ヤノにも指示して、二人がいなくなるまで息をひそめる。ショートカットしようとした自分を呪《のろ》い、「急がば回れ」をまさに体験学習したのだった。

男性たちはまだひそひそ話をしている。

「エドゥアルドさまを神官王にしたほうがよかったなんて声まで出始めましたな」

「陛下の采配《さいはい》はいいし、農業改革は非常に評価が高いが、やはり未来が見えないのが致命的だ。さっさと番でもなんでも取って覚醒してくれればいいものを……」

「ギフテッドアルファとして欠陥品ならいてもいなくても同じこと。そのうち婚姻でコブロフ公爵の傀儡《かいらい》になるのがオチです」

「それでもいいではないか、中途半端に権力を持つほうが我々にとっては迷惑だ」

「コブロフ公爵に今のうちに貢いでおきましょうかねえ……」

クッと喉《のど》を鳴らすような笑い声に、章は嫌悪感を覚えた。

第三の能力――『未来を見る』力が覚醒していない上に、まだ二十二歳という青年王アスランの立場が、ぼんやりと想像できた。

結局遅刻した章たちは講師ににらまれるだけで済んだが、他の番候補からは『最初から遅刻しやがって』とでも言いたそうな侮蔑《ぶべつ》のまなざしを向けられ、針のむしろだった。

午前中の講義は外交史。

テキストなどはなく、中年の女性講師が口頭で指導する形式なので、読み書きができない章にはありがたかった。

しかも話は非常に興味深い。

ムゼ王国など八つの国で構成されたパティマ大陸は、温暖な地域であるがゆえに農産物が豊富だ。特にムゼ王国はブドウの栽培に長けており、ブドウからワインを造り出し世界各地に輸出しているという。

隣の友好国は美しいガラス細工が名産で、そのガラス瓶に入ったムゼのワインは富裕層のアイコンとして人気を博し、手に入りにくくなるほど。それを振る舞うことが王侯貴族の権力の証《あかし》とも言われるようになったのだという。

「ワインの醸造については門外不出としてきましたが、アスラン三世……陛下が即位なさってからは、その製法も国外に伝えるようになりました」

講師が番候補の一人を「サラさま」と指し、その理由を答えるよう指示する。

「えっと……お礼がもらえるからでしょうか」

いいえ無償で伝えています、と首を横に振ると、赤毛のディミトリの名を呼んだ。

ディミトリは、ふう、と小さくため息をついた。

「ムゼワインの製造権欲しさに侵略や諜報《ちょうほう》活動を企《たくら》む国が増え、国益を損なうリスクが増大してきたからです」

正解、と講師が拍手をする。

そう褒められてもディミトリは眉ひとつ動かさない。

「しかし、他にも理由があります。では神子さま、分かりますか？　今日も素敵なお召し物ですね」

周囲の候補たちが、くすくすと笑い声を漏らす。

章だけ名前ではなく『神子』と呼び、周囲が嘲笑する派手な服をあえて褒めた。褒めることで「分かっていた高校にも、そういう教員がいた。いじられ役の生徒を、皮肉を込めて褒めている教師」として他の生徒の支持を集めるのだ。今思えば、咎められても「褒め言葉だ」と反論できる証拠しかないので、大人の粘ついたずる賢さに感心してしまう。

「あ、ありがとうございます」

褒められたので一応お礼だけは告げ、金糸が織り込まれた赤い服をつまんでみせた。

そして、うーん、と思案する。数年前に読んだ本では、多くのワイナリーは自分たちでブドウ畑を持っていて大切に栽培していると書かれていた。製法を知っているからといって、どんなブドウでもおいしく作れるわけではないのだ。

「無償で伝えているのはワインの製法だけ、ですよね」

講師を見上げると、ぴくりと眉が動いた。

「製法を広めることで、ワイン製造に必要な設備や原料の付加価値を高めて貿易で稼ぐ……とか？」

ざわ……と番候補たちが顔を見合わせた。想定外の回答だったようだ。

講師はしばらく沈黙し、めがねを押し上げて「筋はいいですが不正解です」と咳払いした。同時に候補たちがほっとしたような表情を浮かべる。

ディミトリが「では他の理由の正解は」と不満げに尋ねる。自分が完全な正解ではなかったことが不服のようだ。

「貴族だけでなくワインを庶民的な嗜好品《しこうひん》にし、大陸全体の需要を押し上げることです」

なるほど、と章は手を叩いた。

自分の世界でも、貴族だけの高級品だったものが、時を経て庶民の生活必需品となった。しかし、そうなったのは産業革命で大量生産ができるようになったからだ。この世界でも同様の現象が起きているのだろうか。

「あ、あの、質問いいですか」

章はおず、と手を上げ、質問の許可をもらう。

「蒸気は産業に利用されていますか？　電気は？」


「それで講師が黙り込んだのか」

その夜の書物庫。章が講義での失敗を打ち明けると、アスランが腹を抱えて笑った。

「笑い事じゃないよ、それから先生が目も合わせてくれなくなったんだ」

単語集を書き写していた章は、筆を止めてアスランを見上げる。

きょうも、風呂を終えたところでアスランの獣僕オレクサンドルが章を迎えに来た。文字を教わるのは嬉しいが、アスランの体調も心配になる。国王が暇なわけないのだ。

燭台に照らされるアスランの横顔をチラリと見る。さほど顔色は悪くなさそうだ。

「蒸気は湯を沸かしたときの蒸気のことだろう？　電気とは？」

問われて初めて「なんだろう」と考え込んでしまう。生まれる前からあった物を説明するのは難しい。分子の話をしようにも、そもそも自分がよく分かっていない。

章は静電気を例にした。

「金属に触れようとしたとき、痛みが走ることあるだろう？　あれが電気。それを、物を動かすことに利用するのが電力」

「面白いな。その現象を私たちは『精霊の戯れ』と呼んでいる。ショウの世界ではそれをエネルギーにしているのか」

専門ではないから、どう利用するかは説明できないのだが、と付け加えて章は説明した。

「そこで機械がたくさん発明されて、一度にたくさんの物を作れるようになったから世界は急速に発展した」

逆にこの世界では、何で物を動かしているのかと聞いてみる。

「人力、水力、風力……あとは精霊の力だな」

精霊と聞いて章は立ち上がる。物語好きとしては、大歓迎の話題だ。

自分が召喚されるくらいなので、まさにそういった力が実在するのだとは思い知っているのだが。

アスランによると、世界を司る神がいて、その配下として水、火、風……など各分野に精霊がいるのだという。それぞれの精霊の長は精霊王と呼ばれ、王宮の神殿では神を祀《まつ》り、各地にはそれぞれの精霊を祀る小規模な神殿が点在するのだという。ビジネスでいうところの本社と支社のようなものだろう。

「鍛冶屋は火の精霊を、農家は水の精霊を……とそれぞれ自分の分野と相性のいい精霊を祀るんだ」

「精霊を使役するの？」

「神や精霊との交信が許されるのは神殿だけ、国民は祈りを捧げて力を借りるだけ。例えばワインの生産者は土の精霊を祀る」

「土なんだ、温度管理で風の精霊かと」

そうか知らないのか、と地図を開いたアスランは、トン、とある地方を指さした。

「今度近場のワイナリーに一緒に行こう、見せてあげる」

ぜひ、とうなずいた章だが、その地図がかなり破れていることに気づいた。

「ぼろぼろだね、その地図」

「ああ、もう替え時だな……幼いときに父からもらったので捨てられずに使っていたのだが……」

地図を見せてもらうと、羊皮紙の端がぼろぼろな上に、破れた部分が大陸内まで広がっていた。

「俺、たぶん修復できるよ」

オレクサンドルに頼んで準備してもらった糊《のり》や筆、そして小刀で、章は地図の修復を始める。まずは筆や布で汚れをきれいに落とした。次に、破れたり穴が開いたりしている部分に沿って、新しい羊皮紙をカッティングする。

筆で糊を薄く塗って貼《は》りつけ、破れや穴を塞いだ。

「はい、ここまで」

アスランはもっと先の作業まで見たそうにしているが、糊が乾かないことには次に進めない。

「紙がピンと張るように押さえて乾かすんだ。明日この地図にもう一枚羊皮紙を重ねて補強するよ」

「そうか、根気のいる作業なんだな」

「俺は結構好きなんだ、本や資料が蘇るってさ、物理的な意味だけじゃなくて、文化や歴史の記録が蘇るってことだからさ」

章はそう言って本をぱらぱらとめくる。ムゼ文字を覚えると、少し読めるようになってきた。

アスランの表情が、なぜか曇る。

「ムゼ王国には『後ろを振り返る者は躓《つまず》く』ということわざがある。過去ばかり振り返る者は発展しないという意味だ。みんな誰もが、未来を求めている」

グレーの瞳が、燭台の明かりと一緒に揺れた。自身の放った言葉に傷ついているように、章には見える。

「そんなことないだろ、俺の世界の故事成語に『故《ふる》きを温《たず》ねて新しきを知る』って言葉がある。昔のことをじっくり調べて、新しい知識や考え方を見いだせって。本は人の営みの記録なんだ、ためにならないわけがない」

「……へえ、過去に対する価値も全く違うのだな」

章は「未来もそうだよ」と言って、練習用のノートの白紙ページを見せた。

「俺の世界では未来が見える人なんていなかったと思うよ。俺が幼いころには世界が滅亡するって大予言がブームになったらしいけど、しっかり外れて、何事もなかったようにその後二十数年、みんな生きてる」

「しかし、本当に見えるんだ。私の父も……」

「それを信じてないわけじゃないんだ、俺たちの世界には精霊はいないし。でも俺は、未来が分からないなんて当たり前だから」

だから人は過去から学ぶ。この国では未来が分かる人がいるので、過去から学ぶ必要性が薄れていくのだろう。その反動で未来の見えない王が誕生すると不安なのだろうか。異世界から自分を召喚するほどには、切羽詰まっているのだろう。

「なんか……うまく言えないけど、王様って大変だね」

「うん？　そうなのかな。ギフテッドアルファだと分かる前は、気楽な第二王子だったのだけどね」

通常は年齢で王位継承順が決まるが、ギフテッドアルファが誕生すればその者が王位を継ぐ、という王家の掟《おきて》なのだそうだ。

「そうか、エドゥアルドさまがお兄さんだったよね」

第一王子だったエドゥアルドは、自分を支えるために神官長に昇り詰めたとアスランは誇らしげに語った。

「そういえば、ワイナリーに連れていくって話をしてたね。九の日にどうかな」

章の世界で一週間が七日間であるように、ムゼ王国では十日を一サイクルとし、九日目と十日目が休息日となる。その日はもちろん番候補たちの教育もお休みだ。

その朝、一般市民の服をヤノに用意してもらった。とはいえ質はいいので、金持ち程度には見えるだろうか。アスランはさらに違和感が強く、どこからどう見ても〝庶民の服を着た王様〟だ。

お忍びで街に出ていることがバレるのではとひやひやしながらも、章はアスランと厨《ちゅう》房《ぼう》からこっそり城を出た。野菜を納品する農家の幌馬車に乗せてもらい、城下町に出る。

今日は互いの獣僕も一緒で、ヤノはお出かけが嬉しくて尻尾の動きが止まらない。

城下町のバザールは多くの人出で賑わっていた。石造りの建物に、モザイク画を描くように配置されたカラフルな石畳、食べ物の匂いと人々の喧噪《けんそう》——。

東欧でも旅をしているような気分になるが、明確に違うのは、獣人が紛れていることと、精霊の力があちこちで見られることだ。

甘辛いソースに漬け込んだ羊を焼いている店には、軒に赤いランプが吊《つ》るされていた。アスランによると、炎の精霊の力を借りている証で、より強い火力で焼けるのだという。

羊肉を炙《あぶ》っていた店主が、ぱちんと指を鳴らすと、三十センチほどの火柱が上がり大きなブロック肉に焼き色をつけていた。

「ファンタジー小説の世界にいるみたいだ……」

幼いころ、いつも妄想でファンタジー小説の主人公たちと冒険していた。

彼らは勇敢でまっすぐで、さまざまな長所を持った仲間と助け合い、補完し合って悪に立ち向かった。

それを言うなら……と章はアスランを見た。

恵まれた体格、麗しい容貌、商人を装っても隠しきれない選ばれし者のオーラ。まさに小説の主人公だ。

(これでギフテッドアルファっていう特殊な能力の持ち主なんだから、設定が完璧すぎて逆にリアリティないよな……）

　食材店の軒下に、大きな数珠を一本の棒にしたような、不思議な物体がたくさん並べられていた。ほとんどは紫色で、薄紫から濃紺までさまざまある。中にはベージュ色のものも。

「あれ何だろう……豆？　ろうそく？」

　章が指さした先を見たアスランは「チュルチュヘラだよ」と教えてくれた。

　この国のお菓子なのだそうだ。

「ムゼはワインが特産だと習っただろう？　ブドウの生産量が多いんだ。あれは糸を通したナッツの連なりに、ブドウジュースを使った液体を塗り固めたものなんだ」

　店主から一本購入したアスランは粒を手でちぎると、ひとつ自分の口に放り込む。章にも同じように差し出した。

「ほら、口を開けて」

　美男に「あーん」されることへの複雑な感情を抑えて章は口を開けた。ぽんと放り込まれたチュルチュヘラを、勇気を出して噛む。

　硬いういろうのような食感のあとに、じゅわっとブドウの甘みが口の中に広がり、中で割れたナッツが香ばしさを足してくれた。

「あっ！　おいしい！」

「だろう？　私も夜こっそり食べてるんだ」

恰幅《かっぷく》のいい店主が声をかけてくる。

「どうだい、陛下！　おいしいでしょう、うちのチュルチュヘラは」

アスランはにこにことと「私は陛下じゃないよ」と否定しつつ、チュルチュヘラの味を褒めた。すると他の店からも数人が顔を出し、声を張り上げる。

「うちのチュルチュヘラも食べてくださいよ陛下！」

「うちのもうちのも！　あれ陛下、今日はお連れ様がいるんですね。お連れ様もどうぞ」

アスランは振り返りつつ「陛下じゃないが、いただこう」などと、笑顔で応対している。

（バレバレじゃないか）

その声を聞きつけた街の人々が「あっ、今日陛下来てる」「おーい陛下、うちのパンも持っていってよ」などと集まってくる。

わらわらと十数人に囲まれて、章が慌てていると、獣僕オレクサンドルが教えてくれた。

「城下町の者は陛下がお忍びでやってくることに慣れているので、ご安心ください」

アスランは囲まれてもにこにこしたまま、街の人々から差し入れを受け取る。

「陛下じゃないけれど、ありがたくいただこう」

その様子に章は違和感を覚えていた。

番候補たちを前に見せた、あの王たる威圧感が全くないのだ。表情で察したのか、オレクサンドルが補足する。

「陛下は分かっているのです。それぞれの立場の人々が、どんな王を欲しているのか。臣下や各領の貴族たちは、強く神々しいリーダーを、国民は自分たちと同じ目線で物事を考えてくれるリーダーを」

「……それもギフテッドアルファの能力？」

そう尋ねると　オレクサンドルが眉を少し下げた。

「その能力が完全ではないからこそ、身についた処世術ではないでしょうか」

『未来を見る』という能力が欠けているぶん〝求められる王〟であろうとしているのか。

アスランのほうを見つめると赤子を抱いていた。

「陛下、うちの長男です。どうかお名前をつけてくださいませ」

そう母親に請われ、アスランは赤子に優しく笑いかける。

「陛下じゃないが、これは責任重大だな……では『ネストル』はどうだろう」

喜ぶ両親に赤子を戻すと、自分の唇を、その子の柔らかな頬にそっと重ねた。

「ネストルによき精霊の加護がありますように」

陛下じゃないけどね、と諦め悪く付け加えて肩をすくめる。赤子を見つめる目がすっと細くなり、ゆっくりと口角が上がった。

城下町の外に用意していた馬車に乗り、一時間ほど走らせた場所にワイナリーはあった。事前に連絡を受けていたのか、蔵主が笑顔で迎えてくれた。

案内されたマラニと呼ばれる蔵は、章の想像と全く違っていた。

ひんやりとした石作りのマラニの中は、床に十数個の穴が開いていた。穴の周りはレンガで囲まれている。ワイナリーというから樽《たる》がずらりと並んでいるのかと思ったのだが。

蔵主が、奥にある大きな甕《かめ》を指さした。縦が二メートルほどもあり、口がきゅっとくびれているそれは、底が丸いため横たわる形で置かれている。

「あの甕を地中に埋めて、ワインを育てるのです」

蔵主の説明で、章はぽんと手を叩いた。

「地中……なるほど、だから土の精霊を祀るんですね！」

「ええ、温度管理が重要ですから、土の精霊に地中の温度が一定になるよう助けてもらっているのです」

「すごいな……精霊の力が日常生活や産業に組み込まれているんだ」

蔵主は人の背の高さほどある長い棒で甕の中をかき混ぜ、少しすくってアスランと章に味見させてくれた。

　グラスをのぞくと、赤でも白でもなく、透き通ったオレンジ色のワインだった。

　アスランが「琥珀ワインだよ」と教えてくれた。白ワインの材料で、赤ワインと同じように果皮を取り除かずに醸造すると、このような色に染まるのだという。

　飲んでみると、しっかりとした風味の中に芳ばしさを感じる。燻製《くんせい》にも似た香りがした。

「おいしい、初めてだよこんな味」

　よかった、とアスランは微笑んで、蔵主と今年の生産状況について話していた。

「おかげさまで国外からの発注も順調です。向こうの言い値も上がりましたし、ブドウ農園にも出資したいという話までいただいて」

「それはよかった」

　章は発注増の理由を尋ねた。先日、外交史の座学で聞いた話とつながらなかったからだ。

「製造方法を国外にも無償で伝えたから、発注が減るのかと思ってた」

「何百年も培った技術を、数年で真似はできないよ。国によって気候も違うし、ブドウの改良も必要になる。年数かけて試行錯誤していくはずだ。その間はムゼのワインを飲むしかないし、手の込んだ製造方法を知ったからこそ、ムゼのワインに価値を見いだす人も増えるというわけだ」

アスランは丁寧に説明した。

しかし、外交史の講師は、ワインを庶民的な嗜好品にし、大陸全体の需要を押し上げることが目的だと話していた。

「そうだね。表向きはそう言って国外の特使たちを納得させているし、長い目で見るとその通りなんだ。ただ、本当の狙いが何かなんて説明する必要ないだろう?」

アスランは不敵な笑みで片目を閉じた。

帰りの馬車で、章はアスランとワイン外交について話した。

「父の代は、ワインの製法を絶対に国外に出さない方針だったんだ」

アスランによると、代々そのように受け継がれてきたのだという。

「ただ、ムゼはほどほどに軍事力はあっても一番じゃないから、何か外交の鍵《かぎ》になる物が必要だった。そこで私はワインに目をつけたんだ」

無償で製法を伝えることは、短期的には、他国に恩を売る形になる上、各国の製法確立まではムゼのワインの価値が上がる。庶民にも愛されるほど普及すれば、今度はワイン発祥の地としてムゼ王国そのものの価値が上がる——というわけだ。

「ワインを入り口に観光地としても留学先としても注目されたい。そうしてムゼが愛される国であるほど、他国は侵略しにくくなる。民衆の心はときに大きな盾になる」

「でもそんなの、長い目すぎない？　アスランの代で成し遂げられないかもしれないよ」

「私の代で種まきをすれば、刈り取りは誰でもいいんだよ」

馬車の窓から差し込んだ夕日が、アスランの金髪を照らす。ほんのり赤味を帯びたそれは、先ほど飲んだ琥珀ワインを思わせた。

（そうか、これが国の頂《いただき》に立つ人なんだ）

章はしばらく黙っていたが、思わず尋ねてしまった。

「これ以上、立派になる必要があるのかな」

真意が伝わらず、アスランが首をかしげてこちらをのぞき込んだ。

「本当に、未来が見えないといい王様になれないのかな」

章の言葉に、アスランは瞠目《どうもく》した。

「ギフテッドアルファがどれだけ頭が良くたって、国民や国の未来のために知恵を絞るには、たくさん学ばなきゃいけなかったはずなんだ。空っぽの人間からアイデアが生まれるわけがないんだから。あの書物庫の本を読破するだけでも相当な労力だったろうし。しかも自分の栄光には頓着しない。これが国家元首の器だと思うんだよ」

アスランが寂しそうに笑って礼を言った。

「そう言ってもらえるだけで嬉しいよ、ショウ。でもやはり未来が見えないことへの不安を、国民は拭えないんだ」

アスランは分かっていない。

そんな器ではない国家元首や、そのせいで数え切れないほどの人命が奪われた歴史が、章の世界には無数にあるというのに。

先日、噴水で聞いてしまった貴族の会話を章は思い出していた。

『未来が見えないのは致命的』『ギフテッドアルファとして中途半端』――。

未来の見えないアスランのことを、まるで欠陥のある道具かのように彼らは話していた。

「そんなに頑張ってるのに、まだ『未来を見る』力が必要なのか？　十分じゃないか」

未来まで把握する力を当然のようにアスランに求める国民や臣下、そして神殿の人々はなんて贅沢《ぜいたく》なんだろう、と悔しくなる。アスランに罪悪感を背負わせているのだから。

そして、本来なら彼を覚醒させるために呼ばれたはずの自分が、役立たずであることも呪った。

（〝当たり〟の神子が呼ばれていれば、こんな顔をさせずに済んだのに。俺が来てしまったばかりに……）

アスランはしばらく呆けたような表情を浮かべ、ふと我に返ったように再び笑みを浮かべた。今度は寂しげなそれではなく、照れくさそうに。

悔しさが顔に出ていたのか、眉間《みけん》にアスランの指が触れる。

「神子が召喚される前に、なんとか自力で『未来を見る』力を発現させたいと思っていたけれど、やはりショウが来てくれてよかった」

「……うん、ありがとう」

章はムゼ王国に召喚されて、アスランと初めて交わした会話を思い出していた。

『君が来てくれる日を、みんなが待っていた――私以外はね』

本当は神子になど頼らず克服して、一日も早く国民を、臣下を安心させたかったのだ。

アスランから向けられたのは、蜂蜜《はちみつ》が蕩《とろ》けるような笑み。同時にふわりと甘い花のような香りが馬車の中に満ちた。

(またこの香りだ)

顔が熱くなり、心臓がばくばくと音がするのは、アスランのせいなのか、それともこの不思議な香りのせいなのか、章には分からなかった。

＋＋＋＋＋＋

「不思議な方ですね」

ワイナリーから戻り私室に入るなり、アスランの上着を受け取ったオレクサンドルが呟いた。

ショウのことだ。

無駄口をたたかない彼が誰かを話題にするときは、決まって謀反や暗殺の計画に関する情報を仕入れたとき。特定の人物の、人格への言及は珍しかった。

「気に入った？」

からかうと、オレクサンドルが少し考えて口を開いた。

「それを私が言及する立場にはありませんが、善良な人間の匂いはしますね」

アスランも同感だった。

初めて会った時は、書物庫係扱いされたことが嬉しかった。

何者でもない自分、を認められたようで。

その後も異世界から来た彼だけは、自分に期待をしなかった。『未来を見る』力の覚醒も、王としての振る舞いも――。むしろ、城で王として振る舞っているときは、怯えているように見えた。

だから、彼と過ごす時間を増やしたかった。

本の修復だって帰る方法を探ることだって、彼と過ごすための言い訳にすぎない。〝なんでもない自分〟が許される時間を渇望していたのだ、と思い知るのだった。

(だけど、それだけではないと今日思い知らされたな……)

今日のショウとのやりとりを反芻《はんすう》していると、ノック音がした。神官がアスランを呼びに来たのだ。

夕食前に神殿との合議が予定されている。気乗りしないとため息をつきつつ、顔を国王のそれに切り替えてアスランは部屋を出た。

議題は祭祀《さいし》の縮小だった。

精霊の怒りを買うと、神殿は猛反対をしていた。

「しないとは言っていない。今年は雨続きで治水が追いついていない。雨の季節が本格的にやってくる前に治水工事を終わらせる予算が必要なのは分かるか」

アスランの説明に、高齢の神官が食い下がる。

「しかし陛下、精霊の怒りがさらなる悲劇を生むとは思われないのですか」

「予算縮小で精霊が怒るとは私は思わぬ。祈りに金銭の多寡《たか》は関係ない。そなたたちの沽《こ》券《けん》に関《かか》わるから抗《あらが》っているだけではないのか。水害が起きてからでは遅いのだ」

高齢の神官はかっとなって、声を荒らげた。

「そもそも陛下に『未来を見る』お力さえあれば、工事に無駄金をはたく必要などなかったのですぞ！」

言った瞬間、議場が静まりかえった。

神官たちの、むしろ臣下も含めそれが本心ではあろう。父の代はまさに毎年起きる災害を『見て』、先回りして対策を施していたのだから。予算を効率的に使えるに決まっている。

神官長であるエドゥアルドが数歩前に出て、手を叩いた。

「それまでです、ヨシフよ、そなたの気持ちも分かります。そうなることが全国民の願いであることも。しかし今ないものを責めてどうするのですか？」

ヨシフと呼ばれた高齢の神官は、ひざまずいてアスランに非礼を詫《わ》びた。

が、アスランには庇ってくれたはずの兄エドゥアルドの言葉が、ずしりとのしかかる。

（全国民の願い、か……）

そんなとき、いつも心で詫びていた。『未来』を示せない王ですまない、父王のように滞りない統治ができずすまない――と。王たる威厳も求められるため、口には出せないが。

しかし、今回は違った。

ふとショウの言葉が浮かんだのだ。

『未来が見えないといい王様になれないのかな』

『そんなに頑張ってるのに、まだ「未来を見る」力が必要なのか？』

自分を欠陥品だと思い込んでいたのだと彼の言葉で知り、そして救われた。他の誰が未熟な王である自分をなじろうと、彼は〝今のアスラン〟を認めてくれた。『なるべき者になれない』という罪の意識を抱えて生きなくてもいい、と選択肢をくれたのだ。

（きょうのショウは、顔を真っ赤にして怒ってくれていたな）

自分のことのように悔しがる、彼の表情が蘇る。

ふふ、と思わず笑い声を漏らしてしまった。

そのせいでエドゥアルドが「そこで提案なのですが陛下、予算の縮小幅を調整し――」とまで言いかけて、困惑気味にこちらをうかがう。

アスランは咳払いでごまかし、こう告げたのだった。

「治水工事を優先するのは決めたことだ。そなたたちは予算内で最大限の祭祀が行えるように工夫しろ。そのような知恵も絞れない無能は、上位神官をやめて地方で余生を過ごすがいい。穏やかに暮らせるよう手配しよう」

努めて冷ややかに言い放つと、神官たちは膝をついて返事をした。

エドゥアルドだけは、あっけにとられたような表情で立ち尽くす。

「兄上、何か意見でも？」

「いえ、ございません。仰せのままに陛下」

神官長であるエドゥアルドも、膝をついて頭《こうべ》を垂れた。

「あなたは私の兄なのですから、そこまでせずとも」

そう言い含め、アスランは議場を出たのだった。

議場の出口でオレクサンドルが待っていた。獣人は、必要な祭祀以外は神殿に入れない。

「お見事でした」

耳のいいオレクサンドルは、そう頭を下げた。

「聞き耳を立てるとは行儀が悪いな」

「私は馬獣人です、もともと耳は立っておりますので」

軽口をたたくのも珍しい。なぜか彼も機嫌がいいようだ。

私室に戻る長い廊下を歩きながら、きょう街で耳にした小唄《こうた》を口ずさんだ。

「次にショウに会えるのはいつかな。空いた時間はなるべく彼との予定を入れてくれ」

オレクサンドルの「御意」という短い返答も、なぜか嬉しそうに聞こえたのだった。

【4】


章は凛《りん》として詩を詠唱する、番候補《つがい》ディィミトリをうっとりと見つめた。

その状態になっているのは、章だけではない。作法の講義を受けている候補たち、そして講師ですら、彼に羨望《せんぼう》や憧《あこが》れのまなざしを送っているのだ。

詩を詠唱するディィミトリが少し顔を傾けると、艶《つや》やかで健康的な赤毛は光の輪を作った。くっきりした目鼻立ちに、薄い唇、きめの細かい肌。非の打ち所がないとはこのことだ。

さらにこの各講義での優秀っぷり。歩くお手本のような人だな、と章は思った。

この国で力のあるコブロフ公爵の次男で、国王の番最有力だとささやかれていた。

美しくて聡明《そうめい》で、国民想いのアスランと並べば、とても絵になるだろうし、能力だって釣り合う。アスランの能力が覚醒《かくせい》せず、国の未来が見えないままだったとしても、こんなに完璧《かんぺき》な彼なら、二人で国の未来を議論し、築き上げていけるだろう。

ふと、二人が並んで見つめ合う様子を思い浮かべた。

(国民に祝福されて、幸せなカップルになるんだろうな)

めでたいな、と呟《つぶや》いて、なぜかチリ、と肋骨《ろっこつ》あたりが痛む。

この世界で最初に出会い、親切にしてくれているアスランを慕っているせいだろうか。

詩のクラスが終わると、ディミトリが章に歩み寄った。

「なぜ詩を披露しなかった？」

不機嫌そうに尋ねてくる。

「なぜといっても……創作は苦手で。いつも読む専門だから」

「そんなことで陛下の番になれると思ってるのか？　そんな覚悟もなく神子《みこ》などと名乗っているのか」

人差し指で章の胸元を突いて、ディミトリが詰め寄る。

また始まった。ディミトリはこうして講義のあと、必ず章に難癖をつける。消極的な態度を取ると「なぜ全力で取り組まないのか」と叱《しか》られるのだ。

「逃げるのか？　僕から」

「逃げるも何も、勝負してないよ俺」

候補たちがくすくすと笑って、自分たちのやりとりを眺めている。

「おやめください、ショウさまばかりいじめないでくださいっ」

ヤノが自分とディミトリの間にぴょんと飛び込み、両手を広げて庇《かば》ってくれた。「こんな幼い獣僕に守ってもらうとは」と、そんな章の情けない部分もディミトリは許せないようだ。

ヤノはディミトリの獣僕に襟首を摑《つか》まれる。

「主《あるじ》と獣僕は一心同体。獣僕が未熟だということは、主の君も未熟者だということだ」

ディミトリの指摘に、番候補たちが一斉に笑い声を上げた。候補の獣僕たちも、口元を押さえて笑いを堪《こら》えている。

ヤノの耳がぺたりと折れ、先ほどまでの勢いが一切なくなってしまった。

「や、ヤノ……」

オロオロと抱き上げようとすると、その手をディミトリがはたいた。

「神子に選ばれ、神殿に獣僕を与えられながら、なぜそんな顔をする」

「そんな顔って？」

「私は不幸です、と顔に書いてあるぞ」

自分の本質を言い当てられて、どきりとする。

指摘されると、確かにいつもそんな感覚を持っている気がする。

「生まれながらオメガの僕らは、陛下の番になるべく厳しい教育にも耐えてきた。召喚神子だかハズレ神子だか知らないが、君のような覚悟のない者が、恵まれた環境に甘んじて

いる姿なんか見たくないんだ」

　騒ぎを知った神官が駆けつけ、自分たちの間に入ったものの、章はディミトリの言葉が胸に刺さって抜けなくなっていた。


「元気がないな」

　書物庫で本の修復に励む章を、アスランがのぞき込んだ。前髪をさらりと手でかきあげてじっくりとこちらを見つめてくる。

「い、いや、そんなことないよ」

　番候補としての覚悟のなさを指摘され、図星だったので落ち込んでいるとはさすがに言いづらかった。

「ふーん、そうか？」

　アスランは背後から章の腰に手を回し、臍《へそ》のあたりで手を組んだ。

　ぎゅっと強く抱きしめられる体勢になり、章は固まってしまう。

「ま、また、なんで抱きしめるんだよ」

　アスランの高い体温がじわりと背中に伝わって、どぎまぎしてしまう。

「いいじゃないか、温めてあげたって。未来の番になるのだろう？」

「そうだけど、今こんなにひっつく必要ある？　ドキドキして作業にならないから」

お忍びという体で街やワイナリーを視察した日を境に、アスランにひどく懐かれたような気がしている。

頻繁に「会いたい」とオレクサンドルを通して言づてがあり、会うと頬《ほお》に触れたり抱きしめたりするのだった。仲良くなった者同士のこの国のスキンシップかとも思ったが、ヤノに聞く限りそうではないらしい。

「へえ、どうしてドキドキしてるの？」

「密着され慣れないからです！」

こんなふうにひっついては、章の反応を楽しむのだ。

「怒らないで、少しだけだから」

アスランは章のうなじに顔を埋《うず》めると、大きく深呼吸した。

（……俺これ知ってる、犬や猫の飼い主がそのお腹とかに顔埋めてやってるやつだ）

うなじで、章はふと思い出した。

（うなじを国王に咬《か》んでもらえれば、番になれるって神殿で言われたんだっけ）

章はふと「うなじ咬んでもらうぞ！」と意気込んだ自分の言葉を思い出した。

「アスラン」

章は襟のある上着を脱いで、アスランの前にうなじを見せた。

「ど、どうしたの」

なぜか狼狽《うろた》えるアスランに、章は顔だけ振り返りながら頼んでみた。

「そんなふうに言ってくれるってことは、番にする意志があるってことだよな？　今、ここ咬んでくれたら番になれる？　ちょっとやってみてよ」

「ま、待って」

アスランの顔が真っ赤になっていく。

「寒いから早く、ほら」

濃い花の香りが、急激に書物庫に広がった。

（またこの香りだ）

この香りを嗅《か》ぐと、ふわふわと心地よくなるから好きだった。もしかするとアスランの香水が、彼の体温上昇で強く広がっているのかもしれない。

アスランは「だめだめだめ」と章の首にストールを巻いた。

なぜだ、と問うと、書棚から一冊の本を出して章に開いて見せた。

そこには、アルファ、ベータ、オメガの身体的特徴が図解されていた。

「あのね、首をかじれば番になれるわけではないんだよ」

「俺がベータだから？　ギフテッドアルファの能力でオメガに変えてくれるから心配ないって聞いたんだけどな」

確かにそれはできると言われた、とアスランはうなずく。

「でも実際に誰《だれ》かをオメガに変えたことなんて一度もない。人生が変わってしまうだろう」

ピンときていない章に、アスランはさらに解説する。

「オメガになるということは、身体《からだ》に子宮を作るということなんだ。そして九十日に一度、発情期がやってきて〝欲しがる〟身体になる」

欲しがる、という表現にとどめたが、章にも性的なそれであることは理解できた。

「その発情期のせいで、まっとうな職業に就けなかったり、突然の発情で理性を失ったアルファに襲われたり、日常生活も大変になる。オメガになるってかなりの覚悟がいるんだ」

その言葉に、ディミトリに言われた台詞《せりふ》の重さを知る。

『生まれながらオメガの僕らは、陛下の番になるべく厳しい教育にも耐えてきた――覚悟のない者が、恵まれた環境に甘んじている姿なんか見たくないんだ』

家督を継ぐ、希望の職業に就く——。第二の性がゆえに、それが叶《かな》わず、むしろオメガであるために政争の道具にされてしまう。

オメガが背負う運命は、章が考えるよりもずっと重かった。

「そうなんだ……俺、無知で、なんてこと」

「それに、うなじを咬むだけでは番になれないんだ」

そうなのか、と驚いて、首をかしげる。

「申請とか……手続きが必要なの？」

「手続きというか……愛咬《あいこう》の儀、という行為があって……これ、私が説明しないといけない？」

「さわりだけでも教えて、本がもう少し読めるようになったら自分で調べるからさ」

アスランがゆっくりと章の腰から手を離し、密着していた章の背中を解放した。

手で口元を押さえながら、なぜか明後日《あさって》の方向を見る。

「じれったいな、もったいぶらないで」

先ほどまでひっついていたくせに、突然恥じらいを見せるとはどういうことか。

アスランは耳まで真っ赤にして、もごもごと言った。

「……閨事《ねやごと》だよ」

「ねや？」

「そう、オメガの発情期に性交して、アルファがオメガの中に射精している最中にうなじを咬む。そうするとオメガの身体が、そのアルファを番だと認める」

章はぽかん、と口を開けて、しばらく何も言えなくなった。

「せ、性交、しゃ、射精……」

ちなみに、とアスランは吹っ切れたように解説を続ける。

「ギフテッドアルファが意中の人間をオメガにするにも、体内に子種を注いで、一晩かけて粘膜に吸収させて変異を促すことになる。精霊魔法みたいに指を鳴らすだけで変えられるものじゃないんだ」

ちらりとこちらを見るので、章はこくりとうなずいて、一気に顔が熱くなってしまった。

自分がアスランに要求したことが、いかに見当違いかを思い知る。

そして、アスランが真っ赤になった理由に気づき、自分が非常にはしたない発言をしたのではと思い至る。

「じゃ、じゃあ今みたいに『うなじ咬んで』なんて言うのは……」

「真剣な愛の告白か、そうでなければ濃厚な夜のお誘いだよ。アルファへの殺し文句」

はっとして見張りのオレクサンドルを見ると、彼も立ったままうつむいて真っ赤になっている。

「ひ、ひえ……」

顔からどっと汗が噴き出す。恥ずかしくて爆散してしまいそうだ。

両手で顔を覆い、章はそのまま机にへなへなと崩れ落ちた。

「分かってくれた？　二度と外でそんなこと言ったらだめだよショウ」

諭すようにアスランが頭を撫《な》でてくれる。章は何度もうなずいた。

「キスだってしたことないのに、なんて卑猥《ひわい》な発言を……」

ん？　とアスランが後ろから章をのぞき込む。

「キスもしたことない？」

「ないよ！　彼女ができるわけないだろう俺に。惨めになるから何度も言わせないでよ」

ふふ、とアスランが笑ったので、章は身体ごと彼をくるりと振り返って、首に巻かれたストールを彼の顔に巻いた。

「笑ったな！」

アスランはごめんごめんと、笑いながら謝って、章の手首を摑んだ。

そしてストールの間から、こちらをじっと見つめた。

「ショウが私の番になってくれれば、その初めては全部、私がもらえるってことだろう？」

全部、をあえて強調して、アスランは言った。

「も、もらえるって、アスラン、そんな物みたいに……」

するりと指の間に、アスランの指が滑り込み、二人で手を握り合う。

風もないのに、燭台《しょくだい》の明かりが一瞬ゆらりと揺れた。グレーの瞳《ひとみ》に射貫《いぬ》くように見上げられると、章はなぜか身体が動かなくなってしまった。

そして甘い、甘い、花の香り。

「今は多くは望まない。もっと私と過ごしてくれるだけでいい」

意味が分かるようで、分からない。不思議に思いながら、章はうなずく。

「う……うん……？　それは俺も、読み書きを早く覚えたいし……アスランといるの、嫌じゃないから……」

嬉《うれ》しいな、とアスランは満面の笑みを見せると、一つだけ忠告した。

「次に『うなじを咬んで』と言ったら、もう逃がしてあげないからね」

そのまなざしは、ぞくりとするほどまっすぐで、本気だった。

私が理性あるアルファでよかったね、とささやいて、アスランは章を解放する。

章はよろよろと書物庫を後にし、オレクサンドルに部屋まで送ってもらった。挨拶《あいさつ》して扉が閉まる直前、オレクサンドルがぽつりとこう言い残した。

「今夜はもう一度、湯浴みしたほうがよろしいかと」

不思議に思っていると、出迎えたヤノが章に飛びついて「ぎゃ」と悲鳴を上げた。章から猛スピードで距離を取る。

「な、なに？」

「アルファのフェロモンの香りが強烈で……！」

狼《おおかみ》獣人だから嗅覚《きゅうかく》が特に鋭いのだろうか。ヤノは鼻を押さえて、涙目になっていた。

「このフェロモンは僕だけじゃなくて、獣僕はみんな気づいちゃいますよ！　湯浴みしましょう、湯浴み！　うわあ……ギフテッドアルファのフェロモン……強烈だ……」

腕に鼻を近づけてみるが、あのアスランの香水の匂《にお》いしかしない。

「そう？　香水が移っただけじゃないかな」

「それ香水じゃないですよ、アルファ特有のフェロモンの香りです」

自分が卑猥なことを言ってしまったせいだ、と章は反省した。あのときアスランから漂ってくる花の香りが強くなった気がするのだ。

「じゃあ、俺のせいだ。事故みたいに卑猥なことを言ってしまって……」

「ち、ちがうんです、そんなんじゃないんです。まるでマーキングしているような濃さなんですよ！　僕みたいに鼻のいい獣僕は近づけません」

ヤノの指摘で急にアスランの言葉が蘇《よみがえ》る。

『次に「うなじを咬んで」と言ったら、もう逃がしてあげないからね』

（ま、マーキング……！）

章はその場にへなへなと崩れ落ちた。

複雑な気分だったのは、そうされたことに自分が喜んでいるからだった。

まるで思春期に戻ったかのような胸の高鳴りに、焦りを覚えた。

（これはいけない……恋愛小説だと好きになってしまう流れ……！）


それからは、ほぼ毎日夜に書物庫で落ち合った。

文字も書くのはまだまだだが、読む方はかなり習得し、書物庫から借りた第二の性に関する本は特にじっくりと読んだ。

章としては、これまでに無数の本を読んでいるので、物知りなほうだと自覚していたが、この世界にしかない知識に関してはゼロなのだと思い知ったからだ。

第二の性や精霊など、章の知らない分野の本を中心に読むことにした。

「君は最近いつも本を読んでいるな」

中庭で読書をしていると、番候補の筆頭ディミトリが不機嫌そうに声をかけてくる。

「夜に書物庫に通ってるんだ。俺、もともと図書館……いやこっちでいう書物庫の整理とか本の修理の仕事をしてたんだ。本が好きで」

君の好き嫌いは聞いていない、などとつれない返事をするディミトリだが、章が読んでいる精霊の本に目を細めた。

「……ようやく真剣に取り組むことにしたのか」

「俺は俺で、アス……陛下の力になりたいと思ってたんだけど、その覚悟が知識不足のせいで足りなかったって気づいたから」

ディミトリに胸ぐらを摑まれたおかげだ、と礼を言うと、慌てて否定していた。

「ぼ、僕は胸ぐらなんか摑んでないぞ！」

「そうだっけ？」

そんなかけ合いをしていて、他の番候補が章の本を見て声を上げた。

「これ、この城の書物庫の本じゃないか！　陛下の所有物だから勝手に持ち出したら処刑されるぞ」

ちょっとした騒ぎになり、他の候補も駆けつける。

「盗んだのか？」「いつ書物庫に忍び込んだ？」「まあ……なんと手癖の悪い」

候補の男性や神官に問い詰められ、章は首を横に振った。

「許可はもらったよ」

「嘘《うそ》おっしゃい、陛下のご本なのに誰に許可をもらうというの」

本を取り上げられ、章は後ろ手で取り押さえられた。奥で控えていたヤノも、他の候補の獣僕たちの手で地面に押さえつけられている。

「ヤノに乱暴するな！」

黙れ、と章は床に顔を押しつけられた。

「何をしているんですか！」

広場に響いたのは、神官長エドゥアルドの声だった。

章を押さえつけていた番候補の男性たちを叱責《しっせき》し、章を抱き起こす。同時に解放されたヤノが章のもとに駆けつけて、グルルルと唸《うな》って周囲に牙《きば》を剝《む》いた。

押さえつけられた際にすりむいた手が、ぴりっと痛む。

そこにディミトリがハンカチを添えた。そして立ち上がると、章に乱暴を働いたりなじったりした候補三人に尋ねた。

「君たちは、この召喚神子が本を盗んだ証拠を持っていて、彼に暴力を振るったのか？」

候補たちが「その本を持っていることこそ証拠だ」と息巻く。

「では、許可を得て書物庫から持ち出した本ではないとする証拠は、あるんだな？」

淡々と問い詰めるディミトリの様子は、裁判で尋問する検察官かのようだった。

「許可が出るわけないだろう。常識で分かるじゃないか」

「常識は事実と違うことがある。証拠にはならない。そんなことも分からないのか」

自分を庇ってくれたディミトリが救世主に見える。その章の視線に気づいたのか、彼にぎろりとにらみ返された。

「勘違いするな、僕は証拠もないのに英雄気取りで私刑に走る愚か者が大嫌いなだけだ。言い返せない君にも腹が立つ」

ぎょろりとこちらを見る目が、すごく怖い。

エドゥアルドが収束を図る。

「では後ほど陛下にお尋ねしてみましょう、この本が持ち出し許可された物か、勝手に盗まれた物か。その間、この件は僕が預かり――」

「その必要はありません」

エドゥアルドの発言を遮って広場に現れたのは、オレクサンドル――国王陛下の獣僕――だった。

その場にいた獣僕たちが、一斉にひざまずいた。どうやら獣僕にも序列があるらしい。確かにオレクサンドルは、他の獣僕とは一線を画す美しさがあった。黒く艶やかな髪や尻尾《しっぽ》、整った顔立ち、そして気品――。

そのオレクサンドルが続けた。

「国王陛下は書物庫の利用・持ち出しを神子に許可しています。こちらの世界に呼ばれ、何も知らない状態では不憫《ふびん》だと哀れんでおいでです」

その場の空気が凍りついた。

章は驚いて周囲を見回すが、誰もが「陛下が……哀れむ？」「あの陛下が？」と動揺していた。数人はこちらをにらみつけている。あの圧迫面接みたいな面会をする国王が、一人の候補にだけ特別扱いをしていると知ったら腹が立つのも仕方がない。

押さえつけられていたヤノが解放されて駆け寄ってきた。その額には擦り傷が。

「ヤノ、大丈夫？」

ヤノはうなずいて、ぎゅっと歯を食いしばった。そして、くるんと内側に巻きついた自身の尻尾を抱きしめる。

「お守りできなくて、ごめんなさい……僕、弱くて何もできなくって……」

章は首を振って、ヤノを抱きしめた。

こんなに小さくて健気《けなげ》な子に、どうして乱暴することができるのだろうか。

頭にきて、ヤノを押さえつけた獣僕たちをにらむ。

「こんな小さな子に乱暴することが正義なのか？　恥ずかしいと思わないのか！」

声を荒らげたのは、生まれて初めてかもしれない。

どんなに学校でいじめられても、職場で蔑《さげす》まれても、ここまで怒りは湧《わ》かなかった。けれど、大事な人を傷つけられて黙っているわけにはいかない。

候補たちが獣僕を庇う、章はその候補たちもにらみつけた。

「獣僕が主の意志に従うなら、主である君たちに問題があるんじゃないのか？　謝れよ……ヤノに謝れ！」

候補たちはひるみつつも、抵抗した。

「私たちが……貴族が獣僕に謝るなんて……できるわけないでしょう！」

「人間でも獣僕でも関係ないだろ、理不尽に怪我《けが》をさせたほうが悪いんだよ、簡単な善悪も分からずに、王宮で外交だ歴史だと語るのか？　それが貴族だっていうなら、貴族制度も獣人を従える仕組みもやめてしまえばいいんだ」

章の視界を、白い手の平が遮った。

「それくらいにしておきたまえ」

先ほど公正な意見で候補たちを諌《いさ》めてくれていたディミトリだ。

章を押さえつけたり、ヤノに怪我を負わせたりした候補や獣僕たちに、彼はこう告げた。

「薄っぺらな根拠で乱暴した君たちに非がある。謝罪もできないなら親ともども爵位を返上したまえ」

うち男女一人ずつは、ディミトリに促され、膝《ひざ》をついて正式な謝罪した。が、他の男性候補二人は拒否してその場を立ち去った。

オレクサンドルが歩み寄り、章の手の傷にハンカチを添えた。そして章を挟んで向かいにいたエドゥアルドに視線を送る。

「神子に非はなかった、狼藉《ろうぜき》を働き反省のない候補の処罰はどうされますか、神官長エドゥアルド様」

そう振られて、エドゥアルドははっとして笑みをつくる。

「ああ、そうですね。決めつけて暴力を振るった二名は、後ほど神殿の懺悔室《ざんげしつ》に来ていただきましょう。私が話せばきっと反省してくれます」

オレクサンドルは淡々と「そうですか」とうなずき、礼をしてその場を去った。

章がその背中を見送っていると、エドゥアルドの吐息に近い声が聞こえた。

「汚らわしい獣め」

章はヤノとともにエドゥアルドの部屋に招かれ、傷の手当てを受けた。

エドゥアルドの副官が、傷口を水で洗い流して薬を塗り、包帯を巻いてくれた。口の端を切っていたヤノも手当てを受ける。

「ひどいことをされましたね」

椅子《いす》に腰かけた章の肩を、エドゥアルドが優しく叩《たた》いた。

「いいえ、俺がよく思われてないのは分かってるので……」

「こんな目に遭って、君を召喚した神殿を……いえ僕のことを恨みに思っていますか？」

章を突然この国に召喚したことを言っているのだろうか。

ショックだったことは確かだ。

冴《さ》えないとはいえ地道に歩んでいた人生を奪われ、全く知らない土地に召喚された。その上、実は期待された能力は持っておらず、なぜか番候補の末端として教育を受けさせられているのだから――。

「混乱は、しました。でも、この国が大変だっていうのも分かるので……むしろ手違いで俺が来ちゃって申し訳ない気持ちもあります」

手違いじゃない、とエドゥアルドは言った。

「僕が、君を選びました。神子の選定方法はご存じですか」

首を横に振ると、エドゥアルドはかいつまんで教えてくれた。

神殿はしきたりで数十年に一度、次元のひずみにムゼ王国の紋章入りの本を放つ。召喚の儀が必要な場合は、神官長がその糸を辿《たど》り、その本を手にしている者が婚姻可能な年齢かを確かめてから選定し、召喚するのだという。

「選定は神官長に一任されています。本の持ち主を辿れたのは百と少し。婚姻可能な年齢の者はうち三十七人でした」

「そんなにいたのに、どうして俺を……？　能力がないのは見抜けなかったんですか？」

エドゥアルドが「さあ」と首をかしげてごまかすと、長いアッシュブロンドがさらりと肩から落ちて、章の手の甲にかかった。それほど顔が近い。

「でも『この子だ』と思ったのです、僕の神官長としての直感が。陛下には――アスランには君しかいないって」

能力はアスランのように遅咲きかもしれない、とエドゥアルドは教えてくれた。

「城と神殿に番候補を集めて嫌な思いをさせてしまっていること、申し訳なく思います。神子と番にならなかった次善の策というのは建前で、貴族を納得させるためなのです」

というのも、アスランが立太子後から縁談を全《すべ》て断っているせいで、王族の縁者になりたい貴族たちの不満が渦巻いているのだという。

「僕は神に仕える身。結婚はできませんので、王族の縁者になるにはアスランしかいないのです」

エドゥアルドはグリーンの瞳を潤ませて章の手を握った。

「今は国王陛下となってしまいましたが、アスランは唯一の弟なのです。彼を大切に思う僕が、あなたを選びました。どうか他の候補に負けず、アスランの番になってください」

エドゥアルドがあまりに思い詰めた表情で訴えかけるので、章はうなずくことしかできなかった。


アスランの変化が起きたのは、その五日後のこと。

その夜、部屋の隅で乾燥させていた地図と二冊の本を、章は指でなぞって確認した。

「よし、修復完了」

ぼろぼろになっていたアスランの地図はくるくると巻き、本は重しを外してページがくっついていないかをチェックした。

地図は羊皮紙だったが、本は布からできた紙だったので貼《は》り合わせも容易にできた。字が読めるようになったおかげで、大胆に破れた箇所もきれいに修正できた。

糸かがり綴《と》じ、という方法での製本も、糸が切れていたのでやり直し、開いてもページが抜けたり紛失したりしないようにしっかりと留めた。

「わあ、とってもきれいになりましたね！」

ヤノがパチパチと拍手して褒めてくれる。

章はうまくいってホッとしていた。この国ではこれが当たり前の本かもしれないが、章にとっては緊張する作業だった。

「この地図は陛下のお父さんの形見なんだって。きれいになってよかった」

「それはお喜びになりますね！」

オレクサンドルが迎えに来たので、章はアスランのもとへ向かう準備をした。今日は荷物があるのでヤノも一緒だ。

先日の本持ち出し疑惑のおかげで、周囲には章が書物庫を自由に使えることが多くの人に知れ渡ってしまったのだが……。

その特別扱いが、番候補たちには不愉快だったようで、章に対するあたりもきつくなっていた。

何をやっても「陛下のお気に入り」「汚い手を使って近づいた」「不憫を装って同情を買

っている」と言われたい放題だ。

章はそれでも困らなかったが、問題はヤノだった。

獣僕には、主の嫌う人物とその獣僕は敵だとみなす本能があるのか、他の獣僕たちがヤノに辛辣《しんらつ》なのだ。

ヤノは明るく振る舞ってはいるものの、陰では運んでいた衣装を井戸に捨てられたり、わざと高いところに物を置かれたりと、嫌がらせが続いていた。

「このご本も、陛下が読みたいと修復をお願いされたんでしょう？　きっと喜んでくださいますね！」

本を大切そうに抱きかかえて、にこにこと章のあとをついてくるヤノを見て、章は胸がきゅっと絞られるようだった。朗らかにしているが、自分にバレないよう離れた場所でこっそり泣いているのを知っている。たまに目が赤くなって帰ってくるのだ。

ヤノを庇おうとすると、また「情けない」などとヤノの評判が下がるので、章はどうしたらいいか分からなくなっていた。

書物庫で、修復した地図と本をアスランに渡す。

「すごいな、本当にきれいになって……ありがとう」

「この国の製本方法が分からないから確認するまで不安だったけど、俺の世界と似ていたよ。ばらばらになって順番が入れ替わってたところもあったから、それも全部正しい順番にしてる」

アスランが読みたいと章に修復を頼んだのは、治水と砂防の本だった。

「防災を勉強してるの？」

ページをめくりながらアスランが教えてくれた。

「今年は国全体で雨が多くて。口伝で百五十年前にもそんな年があったのは知ってたから、当時の状況を調べたい。章が教えてくれただろう？『古きを温《たず》ねて』――って」

自分の何気ない話を覚えてもらっていたことが嬉しかった。

「一緒に見ても？」

アスランは「もちろん」と表情を明るくして、自分の隣の椅子を引いて、座るように促した。章が座ると、自分の椅子をガタガタと章に寄せてひっつく。

黙々と読んでいるうちに、ゴトと音がした。書架に寄りかかっていたヤノが眠り込んで床に転がっていたのだ。すうすうと寝息をたてて熟睡している。成長期のヤノへの配慮が足りなかったなと、章は反省した。

「すごく遅くなってしまったね、部屋に戻ろうか」

アスランが起こさないように小声で言った。そうしてぱたん、と本を閉じた瞬間、驚いたように本の表紙から手を離した。

しばらく手を握って、不思議そうに治水の表紙を眺めている。

「どうしたの？」

「……いや、触れた部分が急に熱く……あれ……？」

今度は頭を手で押さえて、どこか遠くを見るような表情になる。

「風景が……なんだろうこれ」

章とオレクサンドルが視線を合わせて、お互いに「まさか」という顔をする。

「何か脳裏に浮かんでるってこと？」

「分からないんだ、ため池かな、ぼんやりと霞《かす》みがかって。昔見た風景だろうか」

そう言っているうちに「あ、消えた」と章に視線を戻した。

一瞬だったな、と花火が消えたくらいの感覚でアスランは報告しているが、章は一人で大騒ぎした。

「それって、あれじゃないの、未来が……」

アスランが目を大きく開く。

「『見える』……兆し？」

ガタッと二人で立ち上がる。

わーっ、と叫びたいところだが、夜中だしヤノはもうオレクサンドルの腕の中で熟睡しているので、ささやき声で喜び合う。

「そうかも、そうかもしれないよ、アスラン！」

「うそだろう……まさかこんなに突然」

アスランが章の腰を突如抱えて抱き上げた。

「うわっ」

「希望が見えてきたよ、ショウは私の幸運の神子だ……！」

章も喜びでぎゅううっと胸が苦しくなって、アスランの首に腕を巻きつけてしがみついた。サッカー選手がゴールを決めるたび、みんなでこうやって抱き合ってはしゃぐ気持ちが、ようやく理解できた。喜びを分かち合う手段なのだ。

「く、苦しいよ、ショウ」

狼狽えるアスランの首元から、突如ふわりと花の香りが漂ってきた。

下ろしてもらった章は帰り支度をしながら、アスランに告げた。

「いつも思うんだけど、すごく良い香りの香水使ってるよね」

「香水？」

アスランは不思議そうに自分の上腕を嗅いだ。聞けば、獣僕のオレクサンドルが苦手だから、香水は一切使っていないという。

「じゃあなんだろう、花の……芍薬《しゃくやく》みたいな強い香りがするときがあるんだけど」

章が不思議そうに首をかしげると、アスランが「あ」と声を出して、慌てて自分の口を塞《ふさ》いだ。

そこからは何を尋ねても、目元を赤くするだけで教えてくれなかった。

アスランの第三の能力に兆しが——という知らせは、翌朝から王宮中に広まった。神官、臣下たちもどこか明るい表情でその話題を口にしている。また完全な覚醒というわけではないので、諸手《もろて》を挙げて喜ぶわけにはいかないが、おかげで神官たちの章へのあたりも柔らかくなった。

「だから私は神子が陛下をお支えしてくださると言ったでしょう」

章を「無知じゃ」などと嘆いていた高齢の神官が、高笑いする。

プロ野球でドラフト指名された高校球児を「あいつはいつか大物になると思っていた」などと言い出す近所のおじさんを連想しながら、章はくすくすと笑った。いいニュースなのだから、何を言われようが気にならない。

みんなが勘違いしているのは、実はアスランの覚醒の兆しに、章は貢献していないということなのだが――。

アスランは本が熱くなった、と言っていた。

（おそらく俺ではなく、本が関係しているんだ）

その日も神殿の講堂で講義が予定されていた。章はきょろきょろとエドゥアルドの姿を探した。

『「この子だ」と思ったのです。どうかアスランを支えてください』

こちらの世界に自分を引き込んだ張本人ではあるが、能力がないと判明してからも章を蔑むことなく、信じて望みを託してくれたエドゥアルドに早く報告したかった。

もちろん、神官長の彼なら一番に知らせが届いているだろうが、詳細を伝えたかった。

アスランの覚醒の兆しは自分の力ではないこと、本がその覚醒に関係している可能性があること、そのため自分があえてアスランの番にならずとも、貴重な資料や本の修復や管理で彼の役に立てるのではないか、ということ――。

と、自分で構想しておきながら、胸がチクリと痛んだ。

おかしいな、と自分の肋骨あたりに触れてみる。

社会への適合が大変なオメガになって番の儀式をしなくても、アスランの力になれるなんて理想の展開なのに。

耳の奥でアスランの声が蘇る。

『頑張って私の番になってね、約束だよ』『私の未来の番を蔑まないでほしいな』

（そうか、アスランとの約束は守れなくなっちゃうのか）

この胸の痛みは、約束を破ることになる罪悪感なのだろうか。

番になったとしても、いつか自分のいた世界へと帰るつもりなのだから、別れの傷が深くならないほうがいいのに。

では自分がこの世界からいなくなったら……？

アスランは、どんな人生を歩むのだろう。

そんなモヤモヤも、エドゥアルドに相談してみようと章は思った。

しかし、終日エドゥアルドは講堂に姿を現さなかった。これまで一日に一度は、候補たちの様子を見に来てくれていたのに。別の神官に尋ねると、今日は終日外出の予定が入ったのだそうだ。

番候補たちはというと、複雑な表情で過ごしていた。

召喚神子が期待外れだということで自分たちが王の番候補として集められたはずなのに、結局は神子が能力開花の鍵《かぎ》になりそうだ、と言われているのだから当然だ。

変わらず凜としていたのはディミトリだけだった。「朗報じゃないか」などと言ってのけるディミトリに、他の候補が陰口をたたいた。

「親の威光がある人はいいわね。陛下が神子と番になっても、きっと側室にでもなる予定があるのよ」

彼の父はコブロフ公爵。そういえば中庭で密談をしていた貴族たちが『婚姻でコブロフ公爵の傀儡《かいらい》になるのがオチ』などと言っていた。傀儡は大げさかもしれないが、かなりの有力者なのだろう。

章は第二の性に関する本で読んだ、とある説明を思い出していた。

――アルファとオメガの番が成立した場合、オメガは番となったアルファ以外受け入れられない身体となる。一方でアルファは、複数のオメガと番を結ぶことが可能である。

普段接しているアスランがあまりにもフランクだから忘れてしまいそうになるが、彼はこのムゼ王国の国王なのだ。

今は縁談を断り続けているというだけで、第三の能力さえ覚醒してしまえば憂いも消え、妃も王配も好きなだけ持てるのだ。加えて彼の美貌《びぼう》と人柄と知性――。国中の女性やオメガが彼のものになりたいと願うだろう。

また肋骨あたりが痛んだ。理由は考えない。考えるともっと痛むのが分かるから。

その日の課程を終え、部屋に戻ろうとした章に、ディミトリが声をかけた。

ぶすっとした表情で、どこか顔色が悪い。

すると顔を寄せるように、とディミトリが指で合図をした。

彼の口元に耳を寄せると、こうささやかれた。

「夜間や一人で行動するときは、十分気をつけることだ……」

（ん？）

ベタな小説に出てくる「夜道を歩くときは背中に気をつけな」を、生で聞いた気分になり章は不思議な感覚に陥ったのだった。

（やっぱり彼も俺に怒ってるのかな……）


その夜は、夕食前にオレクサンドルではなく別の衛兵が章を呼びに来た。

「書物庫まで護衛させていただきます」

オレクサンドルは、と尋ねると別の仕事で不在なのだと教えてくれた。

ヤノを部屋に残して、章は衛兵の後ろをついていく。

書物庫に到着し、衛兵が扉を開けてくれた――が中は真っ暗だ。

「あれ、明かりついてないですね」

そう振り返って息が止まりそうになる。衛兵がナイフを自分に振り上げていたのだ。

「うわっ……！」

腰が抜けて尻餅《しりもち》をついたせいで、その一振りを運良く避《よ》けることができたが、すぐさまナイフが自分の喉元《のどもと》をめがけて襲ってきた。

その場でごろごろと横に転がってなんとか避けたが、そこから逃げようにも腰が抜けて立ち上がれなかった。

「ひっ」

なぜ自分が狙《ねら》われるのだろう、と考える暇もなく、章は足首を摑まれた。

「逃がさん」

またもうひと突き、ナイフが飛んでくる。章はその場にあった本を盾代わりに顔の前に出した。ドス、という音がしたので本にナイフが突き刺さったのだろう。

叫んで助けを求めるチャンスなのに、恐怖で声が出ない。

「ちょこまかと……」

衛兵に化けたその男は、足に隠していた暗器を取り出す。まるでそれは物語に出てくる暗殺者の動きだ。

（プロじゃないか！）

蹴《け》りで本をはじかれて、目玉に向かって先の尖《とが》った暗器が振り下ろされる。

終わりだ、とぎゅっと目を閉じた瞬間、ドカっという音と男の呻《うめ》き声が聞こえた。

「ショウ！」

聞き覚えのある声に目を開けると、アスランが髪を振り乱して立っていた。その向こうで衛兵に化けた何者かが、腹を押さえて呻いている。アスランが殴り飛ばしてくれたようだ。

「大丈夫か」

アスランが自分を抱き起こしているうちに、オレクサンドルが呻いている男を捕縛しようとした。が、男は逃れて、三階のベランダからひらりと飛び降りた。

オレクサンドルもそれを追って飛び降りる。

「必ず捕らえてくれ！」

そう叫ぶと、アスランは章を心配そうにのぞき込んだ。

いつのまにか燭台は消え、月明かりだけが書物庫を照らす。月光を受けたアスランの顔は、神々しくきらめいていた。

「怪我はなさそうだね……よかった、痛いところはない？」

ありがとう大丈夫、と言いたいのに、声が出ない。はくはくと口が動くだけだ。

章の肩を抱くアスランの手から、温《ぬく》もりが伝わって、ようやく実感する。

(助かったんだ)

安堵《あんど》した瞬間、全身が戦慄《せんりつ》した。

恐怖が増殖したのか今ごろになって身体が震えた。ヒュッと喉が音をたてる。どんなに吸っても息苦しい。なぜか酸素が肺に取り込めない。

「はっ……ひっ……息が」

「ショウ！　過呼吸だ、ゆっくり長く息を吐いて。吸ってばかりではだめだ」

過呼吸は知っているが、本能で吸ってしまう。息苦しいときは酸素が足りないのだと頭が勝手に誤作動するのだ。

指先が冷たくなっていく。アスランは「革袋……」と言いかけて、ぎゅっと章の手を握った。

意識がもうろうとしてきて、近づいてくるアスランの瞳が揺れているのが見えた。

「ショウ、許して」

絹糸のような金髪が顔にかかったかと思うと、唇が重ねられた。

(――アスラン、何を)

アスランの舌が性急に章の唇と歯をこじ開け、突如息が吹き込まれる。

温かい空気が勢いよく肺を膨らませ、胸が勝手に上下する。

アスランは口を離すと「吐いて」と命じた。驚いてそのまま息を吐くと、また口を塞がれて息をフーッと吹き込まれる。

少しずつ、呼吸が楽になっていく。

（そうか、紙袋で呼吸させる応急処置の代わりに……）

自分でしない呼吸は、不思議な感覚だった。

誰かに生かされているような、命を分けてもらっているような。息を吹き込まれるごとに呼吸できない苦しみと混乱が和らぐので、勝手に顎《あご》が動いてアスランの唇を待ち受けるようになる。

「あ、すら、ん……あり……がと」

途切れ途切れになってしまったが、礼を口にする。表情の険しかったアスランがふと微笑《ほほえ》んでうなずいた。

「大丈夫、息を吐くことだけに集中して」

その柔らかな笑みとささやきに、きゅうと心臓が音をたてた。

息が楽になっていくと、唇を重ね続ける行為が急に恥ずかしくなって、アスランが顔を寄せた際に背けてしまった。

「こら」

アスランの大きな手が、章の頰に添えられて顔の向きを戻される。

「も、もう、大丈夫、平気だから」

アスランの胸を押し返そうとすると、その手もぎゅっと握られた。

「じゃあ……これが最後」

章は目を閉じた。アスランの顔がそばにあることだけでも、心臓が止まりそうだ。先ほど殺されそうになった恐怖すら、どこかに行ってしまいそうなほど。

最後、と言われたそれは、少し待っても息が吹き込まれなかった。

口を開けて待っている自分が間抜けな気がして、もぞ、と動くと、一段とゆっくり息が吹き込まれた。アスランの吐息で肺が満たされていくだけで、なぜか多幸感に襲われた。

唇が離れ、指示された通りに息を吐くと、自分の吐息からあの花の香りがした。

息は楽になったのに、その香りでくらり、と目眩《めまい》がする。

「無事でよかった、きっと犯人はオレクサンドルが捕まえてくれるだろうから、ショウはひとまず医師に――」

最後まで言い終えないうちに、アスランが章をのぞき込む。

「どうしたの、真っ青だったのに、今度は顔が真っ赤になってる」

どく、どく、と心臓が跳ねて、身体が熱くなっていくのが分かる。そして、下半身に血が集まっていくのも――。

アスランが動くたびに、甘い花の香りが舞う。

(もっと、嗅ぎたい)

章はアスランの首筋に自分の鼻先を寄せ、大きく吸い込んだ。

「ショウ？　ど、どうしたの」

「アスランからいい匂いがするんだ……」

すん、すん、と鼻で息をして、その匂いの元を辿る。辿って、さらに濃い香りを吸い込むたびに、くらくらした。そして自分の下半身に、股間《こかん》に、どんどん血が集まっているのも分かる。

まるで、アルコール濃度の高いウオッカを飲んだときのような酩酊感《めいていかん》と、疲労ピーク時の無意識な勃起《ぼっき》が同時に起きているような。

目がしっかりと開かず、視界がぼんやりしているが、目の前にいるアスランの顔は分かる。彼を見ていると、まるでずっと前から恋していたかのように胸が高鳴った。

「どうしよう……俺、急に……あれ？　前から？　アスランを見たらドキドキして……」

彼の熱い胸板に顔を埋めると、求めていたあの花の香りがむせかえるほど濃くなった。

「そ、その反応はまさか私のフェロモンに――」

何かを言いかけたアスランの唇に、自分の唇を寄せて言った。

「もう一回して、息を吹き込むやつ」

自分でもなぜそんなお願いをしているのか分からなかった。

ただ、肺を彼の息で満たされたい、あの香りで肺を満たしたい、という欲求が収まらないのだ。

「まだ息が苦しいかな」

「アスランにふーってされたいだけ」

欲しい、欲しい。満たされたい。全身が求めている。

アスランが額に手を当てて、顔を真っ赤にしている。

「まいったな……極限反応だ……」

アスランが何を言っているのか理解できないが、困っている様子も可愛《かわい》いと思った。

(そういえば、昔からそんなアスランの顔が好きだった気がする。そうだ、自分はずっとアスランに恋をしていたんだった)

章は思いの丈を言葉にする。自分を膝に抱えてくれているアスランの首に、腕を回して。

「俺、昔からアスランのことが好きで……」

アスランは「こら」とのけぞって慌てている。

「私たちが会ったのは一ヶ月前だよ、ショウ」

「じゃあ生まれる前から好きだった」

「落ち着いて、私のフェロモンに酔って錯乱してるだけだから！」

「何言ってんの、非科学的だなあ」

ケラケラと笑い飛ばした。そんなとぼけたところも好きで好きでしょうがない。この人の子どもが欲しくてしょうがない。そんな思いが湧き上がる。

（あれ、でも俺子どもが産めるのか？　でもいいや、愛で乗り越えられるはず）

「あーもう！」

アスランが自分を横抱きにして立ち上がった。

「わ、アスランの部屋に行くの？」

嬉しくて泣きそうになった。アスランも自分のことを欲しがってくれているのか、と。

「い、行かないよ。医師のところ」

書物庫を出てアスランがずんずんと歩き出す。

「俺どこも悪くないよ、アスラン、ねえ、ちゃんと俺の告白に返事して」

「どこもかしこも悪い。その感情は私のフェロモンのせいなのだからおとなしくしてくれ」

章は悲しくなって、アスランの首にぎゅっと抱きついた。

「そんなことないって……アスラン、部屋に行こ……お願い、身体が熱いんだよ」

そして早く抱き合いたい。交わりたい。その方法を知らないのに、身体が疼《うず》いてしょうがない。

ずんずんと廊下を歩くアスランの喉が、何度も上下する。

「落ち着け……ここで誘惑に負けたら私は最低の人間だ……」

何かを自分に言い聞かせているようだが、章は構わずアスランをなじった。

「アスランは意地悪だ、俺の長い片思いに気づかないふりをして」

「そういうこと言ってる時点で正気じゃないんだ、ショウ」

「じゃあ今日はキスだけでいいから」

章の譲歩に、ぴた、とアスランの足が止まる。

「……キス……だけなら、さっきもしたし……」

「そしたら医者のところに行く」

章はアスランに唇を寄せる。

「キスしたら言うこと聞いてくれるね？　い、一回だけだからね」

抱きかかえていた章を、アスランは窓の桟に座らせて、こちらをじっと見つめた。月明かりに照らされたアスランは、神様の作った芸術品だと章は思った。なぜか複雑な表情を浮かべているけれど、それすらも様になる。

章はそっと目を閉じた。

先ほどは息が苦しくてそれどころじゃなかったけれど、今度は恋人同士のキスができる——と胸が高鳴る。

どんな顔しているのか見たくて、片目を開けると「マナー違反だ」と叱られる。

アスランの唇か重なると、またあの香りが鼻腔《びこう》をくすぐった。少し触れただけで離れようとしたので、章がアスランの両頰を包み込んでそれを阻む。

すると何かが吹っ切れたように、アスランの舌が章の口の中に割り込んできた。

「ふあ……っ」

嬉しくて思わず声が出てしまう。

「ああ、ショウ……」

息を吐きながらアスランが思い詰めたような声を出し、花に濃厚な蜜《みつ》が混ざったような香りに包まれた。

思わず彼の背に腕を回す。するとアスランも章の後頭部と腰に手を回し、強く引き寄せ

てくれた。

（嬉しい、嬉しい）

息継ぎのために口を離すと、二人の唇間で唾液《だえき》が糸を作る。それにまた興奮してしまって、濃厚なキスをする。

するりと服の中に、大きな手が滑り込み、章の背中を撫でた。

「あっ……」

キスを中断してアスランを見ると、息を荒くしてこちらを見ている。先ほどまで神様の芸術品だったのに、今は美しい獣だ。

ぞくぞくと背中から気持ちよさが這《は》い上がって、章は彼の舌を受け入れるためもう一度口を開けた。アスランが章を腰から抱き上げ、下から突き上げるように口内を蹂躙《じゅうりん》する。

「ん……っ、んんっ」

「……ショウの口の中、温かいね」

アスランが目を細めた。

「くっついたら、もっと温かいと思うよ」

肌を合わせたい。そんな経験もないのに、願ってしまう。

アスランが自分の額を押さえて、なぜか天を仰いでいる。

「……っ、だめだ、もう持たない、ここまで耐えただけ私は偉いのではないか……」

アスランが吹っ切れたように章の腰や背中を撫で回したところで、低い低い、声がした。

「こんな場所で、何をされて、いるのですか？」

アスランの身体が硬直する。「オレクサンドル……」と呻きながら。

そんなことはどうでもいい章は「早く、早く」と、自分を抱っこしているアスランの耳や頬に何度も口づけをして、濃くなった花と蜜の香りを堪能《たんのう》していた。


薬草のような香りで目が覚めると、そこは診療所だった。

診療所といっても城内のそれなので、学校の保健室などとは違ってベッドは豪華でふかふかだ。部屋が明るいので、もう昼間のようだ。

視界に白髭《しろひげ》の男性が顔を出し「お目覚めかな、気分は？」と尋ねてくる。

章は一言だけぽつりと言った。

「消えてしまいたい……」

昨夜《ゆうべ》のことを、全て覚えていた。

（なんであんなことになった？）

いつの間にか酩酊、興奮して、アスランのことがずっと好きだったという錯覚に陥った。我慢ができず、破廉恥な行動をアスランに対して繰り返していた。自分が信じられない、思い出すだけで叫び出しそうだ。

「お、俺は、淫乱だったのか……？」

己の思わぬポテンシャルにおののいていると、医師がまあまあとなだめて薬草茶を淹《い》れてくれた。レモングラスに似た香りのするお茶だった。ベッドから半身を起こしてそれを飲むと、少しだけ甘みがあってほっとする味だった。

「神子さまの責任ではありませんよ、あれは『極限反応』と言います」

「極限反応？」

昨夜もアスランがそんな言葉を口にした気がする。

医師は説明してくれた。

アルファのフェロモンを過剰に吸ってしまったオメガは、一時的にそのアルファに恋をしているような錯覚に陥り、発情期に似た症状が出てしまうのだという。

「オメガの発情期ってあんなに大変な状況になるんですね……でも、俺はベータだって」

「意中の者をオメガにできるギフテッドアルファですから、そのフェロモンは第二の性にかかわらず効果がありますし、やはり普通のアルファの何倍も強力です」

そういえば鼻のいいヤノが、アスランの残り香に反応して「強烈だ」と章から逃げたことがあった。

しかし、医師が言うには、そんなアスランのフェロモンでも、多少の接触では極限反応は起きないという。

「陛下が過呼吸の応急処置をされたでしょう？　吐息や唾液にもフェロモンが含まれますからそれを体内で直接受容してしまったのでしょう。飲み薬より注射が効くのと似たような原理です」

医師はそう言って、きらりと光るガラスの管を見せてくれた。これがこの世界での注射らしい。当然章の知る注射針より太く、挿したら痛そうだが、精霊の力で痛みは和らぐというから不思議だ。

「じゃあ、アスラ……陛下は人工呼吸なんかできないですね」

「いいえ、陛下もいつもフェロモンが分泌されているわけではありませんから、こんなことめったに起きませんよ」

ではどうしてこうなったのか、という問いには「私の口からはお伝えできません」とはぐらかされるのだった。

（フェロモンのせい……）

昨夜は確かにそうだった。昔から好きだった、などと告白している時点で何かの妄想にとらわれていた。

ズキ、と胸が針で刺されたように痛んだ。

では、読み書きを教わったり街にお忍びで出たりしたときの胸の高鳴りや、ワイン外交を語り合ったときの尊敬の念も、マーキングのような行為をされたときの淡い喜びも——。

(全部フェロモンのせいなのか……?)

「目が覚めたか」

診療所に現れたのは、まさにその話題の人、アスランだった。

黒に金糸で刺繍《ししゅう》された装束に身を包んだアスランは、冷たい表情のままベッドに歩み寄り章をじっと見下ろした。

「具合はいいようだな」

威圧的な物言いに戸惑った章は「は、はい」としか答えられなかった。

医師に視線をやる。人払いの合図だったようで、医師は深々と頭を下げて退室した。

部屋に二人だけになると、突然アスランが章のベッドにへなへなと崩れ落ちた。

「ショウ、よかった! 私のせいでこんなことになってしまって、本当にすまない……」

眉《まゆ》を八の字にして謝罪する。二人でいるときの、いつものアスランだ。

章は顔が急激に熱くなった。きっと見た目でも真っ赤になっているに違いない。

「お、お、俺のほうこそ……変なことばかり言ってごめん……気持ち悪かったよね」

そんなわけないだろう、とアスランは章の手に自分の手を重ねた。

「自分から極限反応が出るほどフェロモンが出ているなんて思ってもみなかったんだ。本当にすまない……これに懲りずまた私と会ってくれる？」

国王なのだから黙って呼び出せばいいものを。尻尾を垂らしておねだりする大型犬のように見えてしまうのだから不思議だ。

「もちろん警護も増やすけれど」

少し険しい顔つきになる。

アスランによると、昨夜章を襲った犯人は結局捕らえることができなかった。現場に残った毛から、獣人だということは分かった。獣人の中でも優秀なオレクサンドルが追いつけなかったので、かなりの手練《てだ》れだったのでは、と教えてくれた。

「潜入の痕跡《こんせき》もない。今回失敗したので、またやってくるかもしれない」

なぜ自分が狙われたのだろう、と思案しているうちに、章の頬をアスランの親指が撫でた。

「……想定外の初めてになってしまったね」

何のことだと見上げると、唇にそっと触れてきた。

「キス」

ぼっと顔が音をたてそうな勢いで熱くなる。

(そうだった、過呼吸になってアスランが――)

章は両手で顔を隠してうつむいた。

「そうか……その前後の暗殺未遂やフェロモン騒動のインパクトが強すぎて忘れてた……でもあれは、俺を助けるためにしてくれたことだから……」

気にしていないしむしろ感謝している、と伝えようとして顔を上げると、アスランがぼすんと章のベッドに腰かけた。

「あの犯人は必ず捕まえるつもりだけど、こんな形でショウの初めてを奪いたくなかった。そのあとのキスも、私のフェロモンの影響でめろめろになっていただけだし……」

顔はこちらを向いていないが、アスランがすねているのは声音で分かる。

「もっといい雰囲気でできたらよかったのに」

そんな純粋な彼が、可愛いと思ってしまうのは失礼だろうか。

慰めたくてアスランに手を伸ばそうとしたが、思い直して膝に戻した。

(これもフェロモンのせいなんだろうか)

アスランに対する感情のどこからどこまでが自分のもので、どこからが彼のフェロモンによるものなのか分からず、足下がぐらついた。

＋＋＋＋＋

ショウと別れたアスランは、長い廊下をゆっくりと歩いていた。

音もなくオレクサンドルがそばに寄り「番候補の親が全員集まりました」と布に包まれたある物を差し出した。

アスランは受け取ってそれを開く。

刺客が残したナイフだった。

「……私も舐《な》められたものだ」

どんな批判をされても、王たる器でない自分が甘んじて受け止めなければならないと思っていた。

しかし、彼に手を出されては黙ってはいられない。

犯人の思惑は分かっている。あとは、どうあぶり出し、処罰するか——。

アスランは、オレクサンドルに命じた。

「それぞれの貴族と個別に謁見する、準備をしてくれ」

【5】

章は自室でヤノを膝に乗せ、ほっぺをふにふにしながら、ため息をついた。

ふにふにされた小さな狼獣人は「抱っこされるのもふにふにされるのも、お仕事ですもんね」と気持ちよさそうに尻尾を振っている。

机の上には、章をナイフから守ってくれた本が置かれていた。皮肉にも、ナイフが突き刺さった本は、章が召喚されるはめになった、神殿の紋章入りの本だった。

最初に見たときは何が書かれているのか全く分からなかったが、今なら読める。

修復を施しながら気づいたのは、この本は実用書ではなく物語だということだ。

奴隷だった非力な少年が、事件に巻き込まれながら少しずつ前向きに、そして強くなり、神獣との縁ももらって特別な力を得る――という話だ。その特別な力というのが、知力体力に抜きん出る、意中の者をオメガに変える、そして未来を見る――という能力だ。主人公はその力で国民を救う英雄となり、国王になるのだった。

最後に記された出版年は、ムゼ建国の十年後。中世では史実を戯曲や芝居にすることがよくある。この本も、ムゼの建国物語ではないのだろうか――。

そんなことを考えながら、表紙についてしまったナイフの傷を指でなぞった。

図書館での刺客の件は、アスランたちが懸命に調査してくれている。

ひとつだけ、彼らに伝えていないことがあった。襲われた日の夕方に、ディミトリに忠告されたことだ。

『夜間や一人で行動するときは気をつけることだ』

アスランたちに告げてしまえば、彼が真っ先に疑われてしまう。

確かにディミトリの自分へのあたりはきついが、一方で濡《ぬ》れ衣《ぎぬ》を着せられそうになった際には庇ってくれるなど、公正な青年だ。そんな彼が自分に刺客を送ったりするだろうか――。


さらに気になるのは、事件後のディミトリの様子だ。

章が襲われた翌日、警備体制の再点検のため、番候補の講義は取りやめとなった。翌々日である今日から再開されたが、ディミトリの顔色が「真っ青」と表現していいほど悪かったのだ。声をかけても「すまない」と避けられる。

反面、突然怒鳴る場面もあった。

番候補の女性が、アスランとの面会を終え、泣きながら講義用の広間に戻ってきたときのこと。「もうここにはいられませんわ」と嗚咽《おえつ》を漏らしていた。

無理もない、と章は思う。候補たちは面会を数回重ねているが、国王として応対するアスランは、一貫して威圧的かつ冷たいのだ。

同じテーブルについても、アスランはほとんど口を開かない。何か言おうとすると「発言を許可していない」と阻むし、時折窓の外を見て、ふうとため息をつく。相手に権力があるぶん、就職活動時の圧迫面接よりたちが悪い。

どの候補も名家の子息子女。国王から不興を買ってしまえば親の立場さえあやういのだ。当初から実家の期待と重圧を背負って城に滞在しているのに、アスランに覚醒の兆しがあるという知らせ、さらにあの圧迫面会では精神が持たないだろう。

ディミトリが歩み寄り、ハンカチを貸してあげていた。

「覚悟を決めて招集に応じたのだろう？　簡単に諦《あきら》めてどうする」

「ですがディミトリさま、私つらくて……」

蹴落とすべき他の番候補まで励ますディミトリの姿勢は立派だ。さすが王のパートナーを目指すだけある。

「私だけが陛下をこんなに……面会がつらいのに、会えば会うほど好きになってしまうなんて」

彼女の漏らした苦悩に、章は医師の話を思い出し、慰めるつもりで言葉をかけた。

「フェロモンの影響かもしれないよ。あの花の香りに俺もくらくらしてしまって一時は診療所に運ばれ――」

「黙らないか！」

ディミトリが遮るように怒鳴った。講堂の端で待機していたヤノが、驚いて自分の身長と同じくらい飛び上がるほどの大声だった。

怒鳴ったのだから顔を真っ赤にして怒っているかと思いきや、顔色は余計に悪くなっていた。そうして候補者たちを一瞥《いちべつ》する。

「今聞いたことは忘れたまえ、実家に報告してもならない。面倒なことに巻き込まれたくなければ……いいな」

脅しとも取れる命令に圧倒され、全員がうなずく。章はなぜ自分が激昂《げっこう》されたのか分からないまま、自室に戻ったのだった。

ふにふに、とヤノのほっぺに癒《いや》されながら「あれはなんだったんだろうなあ」と独り言を漏らしていると、オレクサンドルが文を届けに来た。

章が読み書きができるようになったので、アスランが『夜になるまであと何年かかるだろうか』『気がつくと書物庫に足が向いて困っている』などユニークなメッセージをくれるのだ。

しかし、今回は想定外の内容だった。

『今夜は急用ができたので、また明日の夜に会おう』

その文面を読み上げて「そっか」と分かったふりをして、残念に思っている自分がいた。

オレクサンドルにアスランなしでも書物庫は使っていいとの言質を取ると、章は夕食を終えてヤノと書物庫に向かった。オレクサンドルがいないぶん、三人の衛兵がぴったりとついてくる。

章は前半を本の修復に費やし、後半は文献探しをした。もちろん、自分の世界に帰るための文献だ。召喚、儀式、神子——気になる単語が盛り込まれた本をピックアップしていく。

ふと「降水量と山の精霊」という本を見つけた。相当古く、開くのも不安になる劣化具合だが、先日治水や砂防の本を読んでいたアスランなら興味があるかもしれないと思い、それも手に取った。

その隣には、神獣に関する本が並んでいた。

「ヤノ、獣人と神獣って違うの？」

「神獣は獣人の始祖と言われています。今も人の住めないような場所でひっそりと生きているそうです。普通の獣人から先祖返りで生まれることも希《まれ》にあるとか」

章はその本をぱらりとめくり、召喚の本と一緒に持ち帰ることにした。

「今も生きてるのかあ、一目見てみたいなあ」

「王家だけは神獣の住《す》み処《か》を知っていると言われています。あと、これは僕の勘なんですけど、もしかするとオレクサンドルさまは――」

「オレクサンドルがどうかした？」

「あ、いいえ、不確かなことを言うものではないですね。また確認できたら報告します」

ヤノは顔の前で手を振って、自分の発言を取り消した。そう言われると、ファンタジー好きとしては気になる。

二人で本を持って部屋に戻っていると、ヤノが「今日は満月ですね」と教えてくれた。夜空を見上げると、大きな月が煌々《こうこう》と浮かんでいる。

「中庭に月光花が植えられていましたよね。今夜咲いているかもしれません」

アスランに会えなかったことで章が気落ちしているのを気遣ってか、ヤノが中庭への寄り道を勧めてくれた。

三人の護衛とともに庭に向かっているとヤノが耳をぴくりとさせた。

「話し声がします」

章の前に出張った護衛に、物陰に隠れて動かないよう指示される。

しっかりとは聞き取れないが二人の話し声が聞こえてきた。満月のおかげで、中庭の様子もよく見える。

そこにいたのは、アスランだった。そして彼の奥にもう一人――。

外にはねた赤毛の美青年――ディミトリだ。

ドクン、と心臓が嫌な音をたてた。

(急用って、ディミトリと会うことだったのか)

二人は月光花を見下ろしながら、何かを小声で話している。そばに噴水があるため、うまく聞き取れない。

と、聞き耳を立てようとしていることに気づき、自己嫌悪に陥った。

(そんな権利、俺にはないのに)

アスランとディミトリの視線が合う。

少し前は「この二人が並んだら絵になるのだろうなあ」などとぼんやり思っていたが、実際にその姿を見てしまうと、「見たくなかった」という感想しか浮かばない。

なぜ視線を合わせる必要があるのか、こんな夜中に二人で会わなければならない理由は何なのか、そんなことをぐるぐると考えてしまう自分が醜く思えてならない。

向き合っている二人はしばらく話し込んでいた。

動けずにいた章は、ふう、と大きく息を吐いてヤノたちに「帰ろう」と合図した。

気になって、もう一度だけアスランとディミトリをちらりと振り返って、息が止まりそうになる。

それまで真顔だったアスランが、相好を崩したのだ。

番候補が泣き崩れてしまうほど無表情で威圧的な面会をしてきたアスランが。

求められる理想の王……という仮面を、ディミトリの前で外したのだ。

ショックもあったが、章は自分のうぬぼれにも驚いた。

（心のどこかで、自分だけがこの顔を見ることができるって思ってたんだ）

無理やり召喚されたものの能なしだった神子と、能力が未開花な王——。そんなうっすらとした共通点が、特別なものだと思い込んで。

章はその場から逃げた。なるべく音をたてないように。

身勝手だと分かっていながら、アスランのあの笑顔を独り占めできないという事実が苦しかった。

こんなに胸が苦しいのは、アスランのフェロモンで彼に恋をした錯覚のせいだ、と自分に言い聞かせるが、心の奥底にいる自分が納得してくれなかった。

極限反応を起こしてから数日間彼と会っていないため、そんな状態はとうに抜けきっているからだ。

何より自分で違いがよく分かっていた。

フェロモンで極限反応を起こしていたときは、彼を求めることに狂喜していたし、欲求に支配されて彼に他の相手がいようが構わなかっただろう。

しかし、今は違った。

自分だけのアスランでないことが苦しいのだ。

（人を好きになるって、本当は苦しいことなんだ）

本能とは違った部分で、アスランに恋をしていたことを認めざるを得なかった。

冴えない地味な暮らしで、恋愛のれの字も知らない自分が、こうも苦しむときがくるなんて思ってもみなかった。

部屋に戻ってベッドにうつ伏せになると、ヤノがぽんと音をたてて変化した。小さな子狼の姿になったのだ。

「ショウさま……きょうは僕が、おとなりでまるまるしますので……泣かないで……」

そう言ってショウのベッドに潜り込むと、お腹のあたりで丸くなってくれた。

状況を察した彼なりの慰めなのだろう。なぜだかヤノも傷ついているように見えた。

尋ねてみると「獣僕は、そういうものです」とヤノは言った。

主と獣僕は一心同体だ、と誰かに言われた気がする。思い巡らせて、それがディミトリだったと思い至ると、また胸が苦しくなった。

ディミトリの異変、アスランとの夜の密会、そしてアスランの破顔――。

「分からないこと、ばかりだ……」

しかし自分はその全容を知る立場にもない。最終的にはこの世界をからいなくなる自分が、知ってどうこうできる話ではないのだ、と。


翌日、午前の講義後に章に声をかけたのは、神官長のエドゥアルドだった。

「よくおいでくださいました」

神殿の奥にある、小さな「祈りの部屋」に案内された章は、テーブルを挟んでエドゥアルドと向き合った。

細やかな刺繍が施された真っ白な僧服が、小窓から差し込む陽光できらめく。

アスランに負けず劣らず美男のエドゥアルドは、神官としての正装をしていると本当に神の使いのように見えた。

「お呼び立てして申し訳ありません、人に聞かれたくないお話があったので」

そう言って章にカモミールティーに似た味のお茶を淹れてくれた。

「もう気持ちは落ち着きましたか？　刺客に襲われるなど夢にも思わなかったでしょう」

「ありがとうございます、もう大丈夫です」

エドゥアルドが状況を知りたがっていたので、章は話せる分だけ全て説明した。

刺客が衛兵を装っていたこと、章が書物庫に行くのを知っていたこと、慣れた動きから本格的な暗殺者の仕業だと推察されること――。

グリーンの瞳にみるみる涙がたまって、瞬《まばた》きとともにぽたりと落ちる。エドゥアルドは自責の念に駆られている、と打ち明けた。

「僕が君に、アスランを支えてほしいとお願いしたばかりに……こんな目に遭うなんて。本当に申し訳ない。あなたをこちらの世界に引きずり込んだ上に命の危険まで」

章は慌てて手を横に振った。

「いえ、俺もアスランの力になりたいって思ったのは本当なんです。少し能力開花の兆しも見えたのは嬉しかったですし、でもあれは俺の影響じゃ――」

エドゥアルドは唇に人差し指を当てて、口を噤《つぐ》むよう促した。そうして小声で告げる。

「あなたを、元いた世界へ返します」

びく、と章の手が震えた。

「そ、それはできないって……」

「普通の神官はできない、ということです」

つまり、自分にならできる――と彼は言いたいのだ。

「僕はアスランのために嘘をついていました。帰れると分かればアスランの力になってもらえないと思ったのです」

返還の儀式には準備が必要だから、とエドゥアルドは「これが集合場所です」と章にメモを渡した。

「あの、アスランには……」

自分から伝えるので秘密にしていてほしい、とエドゥアルドは返答した。

「彼は心が広いので、帰りたいと願う君の意志を尊重するでしょう。君も『未来を見る』力を覚醒させる――という召喚神子の役割は十分果たしてくれました。アスランも候補から数人を番に迎えますから慶事続きで、寂しさを感じる暇もないでしょう」

サラッとした説明の中に、章が聞きたくなかった言葉があった。

「数人の候補と番に……？」

どく、どく、と心臓が嫌な音をたてる。

「ご存じでは？　国王は世継ぎのために複数の妃や王配を迎えなければなりません。僕とアスランも異母兄弟ですよ。なかでもコブロフ公爵のご令息、ディミトリとは家柄も身体も合うようで正室になるかと」

家柄も、そして身体も――。

昨夜、月光花の咲く中庭で見た二人の姿を思い出す。

自身の威光にこだわらず、国と国民の繁栄を願うアスランと、優秀なオメガである努力を続け、かつ公正な感覚のディミトリ――。

ムゼ王国の頂《いただき》に立つ二人の姿が、ありありと目に浮かぶ。

つんと鼻が痛くなり、視界がぼやけてきた。

「お……お似合いですね……」

エドゥアルドが章の横に移動し、肩を抱いてくれた。

「私の親は正室で、アスランの母である側室との折り合いが悪く精神を病みました。その苦労をせずに済むのなら、しないほうがいい」

「自分の世界に帰る日まで……俺、少しでも力になれるように努めます……」

自分のいなくなったこの世界で、アスランが幸せな王様になるために、自分にできることを。

アスランへの気持ちを、形にして残そう。章はそう自分に言い聞かせた。

言葉にはできない「好きだ」という気持ちを込めて。


その夕、講義を終え候補たちが解散し始めた神殿で騒ぎが起きた。

南部に領地をもつ貴族たちが押しかけているのだという。

「召喚神子のせいだッ！　神子が災いをもたらした」

「国王の能力が覚醒さえすれば、我々の領地や領民の命はどうなってもいいのか！」

神殿に響き渡る怒声に足がすくんだ。

(俺のことだよな……一体何が起きてるんだ)

神官たちが押しかけた貴族たちをなだめるが、怒りは収まらない。

「あんな悪魔の仕業としか思えないことが突然起きるなんて……！」

殺気立った貴族に危険を察したのか、見物していた章をヤノが引っ張る。

「ショウさま、ここにいてはいけません、行きましょう」

「うん……でも」

何が起きたのか気になっていると、一人の貴族がこちらを振り返った。

「その黒い髪、黒い瞳……お前だな、召喚神子というのは！」

こちらに勢いよく歩いてきて、突然章の髪を摑んだ。

「一体我々の領地に何の災いをばらまいた！　白状しろ、最初からそうするつもりでムゼに来たのだろう！」

「いた……っ、な、なんのことですか、俺なにも」

「バッタが群れを成して空を飛び各地の植物も農作物も、全て食べ尽くしているのだ！」

他の貴族も摑みかかってくる。

「お前が何か災いが起きる呪《のろ》いでもかけたのだろう、吐け！」

このままだと農作物が全て食べられて飢饉《ききん》が起きる、と貴族たちは慌てているのだ。

（蝗害《こうがい》だ）

自分のいた世界でも起きる、生物による大災害だった。

頭の中で、図書館に取り寄せた「地球の課題」という本で読んだ、温暖、多雨という発生条件を思い出す。

アスランが今年は雨続きだからと、修復した治水の本を読んでいた。ここはもともと温暖な地域なので蝗害発生の条件が揃《そろ》ってしまったのだろう。

しかし貴族たちは、章がこの世界にやってきたせいだと主張する。言い伝えを信じている神官たちも否定はしない。

さらに章の召喚に異を唱えていたであろう神官たちは、露骨に章に白い目を向けた。

「だから私は反対だと言ったのに」「返品できないものかのう」

まるで自分を物かのように語る彼らに一抹の怒りを覚えながらも、章は抵抗した。

「離してください、俺のせいじゃありません。バッタの大発生は気温と多雨が揃ったときに起きてしまう自然災害です！」

「何を偉そうに、では対策を申してみろ！」

薬剤の散布……といっても、この世界が中世程度の文明なら、蝗害に効果のある農薬などない。

ぐっと押し黙っていると、奥から「鎮まれ」という低く威圧的な声が聞こえてきた。

アスランだった。貴族たちは慌ててその場にひざまずく。

「バッタの大量発生と大移動については報告を受けた。それが神子のせいである根拠を、お前たちは示せるのか」

「いえ……でもそうに決まっています、召喚神子は災いつきです。こいつが呪いをばらまいたのです！」

一人、威勢のいい伯爵が、頑《かたく》なにそう決めつけて叫んでいた。

「街でもみんながそう言っています。陛下は本当にこんな輩《やから》を番になさるおつもりなんでしょうか、到底承服できません」

アスランは冷ややかな目で伯爵を見下ろした。

「私の番選定に口を出せるほどの立場だったか、お前は」

伯爵が、ぐ、と言葉を詰まらせる。

「災いと呼ばれる所以《ゆえん》は、その時代のギフテッドアルファ王に『未来を見る』力がなかったせいだ。予測できなかった災害を、後づけで『災い』などと言い伝えられているだけにすぎない」

神官の一人が「確かに」と同意すると、次々と納得していく。しかし伯爵は引かなかった。

「ですが、陛下にふさわしいお方に番になっていただきたく――」

アスランは数歩歩み寄って、伯爵の髪を掴んだ。

「農業被害を受けている領地ではなく、私の番選びのほうが心配か？　それはよほど被害は少ないのだな」

実際に「各地の農作物を食べ尽くしている」と主張していたが、オレクサンドルの報告では発生したばかりだという。

「誰の指示で、何が狙いで、騒ぎ立てているのだろうなあ、ケマウ伯爵よ」

伯爵は「ひっ」という声を上げてその場にひれ伏した。

パンパン、と誰かが手を叩く音が、神殿に響いた。

「陛下、どうぞお怒りをお納めください。ケマウ伯爵も初めての災害に混乱していらっしゃるのでしょう」

「コブロフ公爵」

コブロフ公爵、と呼ばれたのは、赤毛に恰幅《かっぷく》のいい中年だ。

（ディミトリのお父さんだ）

コブロフ公爵は髭を指で触りながら、ざわついた神官や貴族たちに言い聞かせるように声を張った。

「悪いことが起きたときに、誰かのせいにしたくなる気持ちは分かる。しかしそれをしていては為政者たり得ない」

さながら弁士のように手を広げて立ち振る舞う。

「陛下。ただ、伯爵たちの言い分も分かるのです、陛下の『未来を見る』力を覚醒させたのが本当にこの神子なのか疑う者もおります」

何が言いたい、とにらみつけるアスランに、コブロフ公爵はひるむことなく進言した。

「神子に聞いてみようじゃありませんか、このバッタの大発生をどうしたら収束させられるか。よほど優秀な神子さまとお見受けします、何かお知恵をお持ちなのでは？」

そんなのないよ、と叫びたいが、神官や貴族が一斉にこちらを見るので言い出せない。

能力のない〝ハズレ神子〟などと罵《ののし》っておきながら、ここで意見を求められるとはつゆほども思わなかった。

「おっ、俺ですか」

声が裏返る。貴族の誰かがその狼狽え方にくすくすと笑っていた。

「いやあ、俺なんかに意見を求められても……」

と、言いかけたところで、アスランの言葉を思い出す。

『俺なんか、はだめだよ』

章はアスランを振り返った。

自分にないのは、空を飛んだり星の動きで占いができたりする特殊能力のことだ。

アスランだって『未来を見る』力はなくても、書物庫で読める本は全て読み尽くし、国の舵《かじ》取《と》りをしてきたのだ。

自分を無能だと決めつけて諦めるのは早計だ、と章は自分に言い聞かせる。

自分が誇れることといえば、読書量だ。

（思い出せ、蝗害、蝗害、蝗害、発生の原因と予防策は分かる……でも起きてしまった蝗害に、農薬以外でどう対応すれば――）

『地球の課題』で読んだ蝗害のページの端に、コラムがあったのを思い出した。見出しは『豆知識！　バッタは本当は飛べない』だ。

「そうだ！」

章は思わず声を張り上げた。

「バッタが飛んで移動してるんですよね、これは気温が高いからなんです。本来バッタって飛べないんです。低温になれば飛べなくなるので被害が広がらずに済みます」

伯爵が「だからどうした」と問い詰める。

「精霊の本で読みました。氷の精霊というのがいるんですよね？　そして神官はある程度使役ができる……その力で特定の範囲を低温にすることはできませんか？」

高齢の神官が、ぽかんと口を開けている。

アスランだけがニヤリと笑って「やってみる価値はあるな」と同意した。神殿では慌てて氷の精霊の加護を持つ神官たちを、被害に遭った地域に派遣する準備が始まった。

「それとバッタが今大量に卵を産んでいます、殺虫成分のある薬剤で食材に問題のないものがあればしばらく撒《ま》いて、ふ化させないようにしてください」

章を責め立てていた伯爵が狼狽えている。

「そんな……まるで先が見えているかのような……」

「未来なんて見えるわけないでしょう」

章は『未来を見る』ことにこだわる彼らに、ひどく頭にきていた。

自分が咎《とが》められて暴力を振るわれたことよりも、他人の特殊な力に依存して、その恩恵がなくなると権利を奪われたかのように騒ぎ立てる——。その周囲の性質が、アスランを長く苦しめてきたのだと思うと、感情が煮えたぎるようだった。

「ただの本好きである俺がバッタの災害を知ってたのは、俺の世界の先人たちが、過去の事例を分析して『今後どう被害を防ぐのか』を研究して広めてくれていたからですよ」

章は神官たちにも視線を送り、訴えた。

「それを『文明』って呼ぶんじゃないんですか？　『未来を見る』ことばかりに気を取られて、進歩のための研究を怠ってるとは思いませんか？」

言いたかったことが言語化できた章は、はあ、はあ、と息を切らし、はっと冷静になって頭を抱えた。

（しまった、余計なことを言ってしまった）

普段から人前で話すことが少ない分、こういう場面のさじ加減が分からない。

アスランに恥をかかせてしまっただろうか。

おそるおそる彼を見ると、顔をくしゃくしゃにして笑っていた。

(ああ、この顔が好きなんだ、俺)

笑顔が優しくて、素直で、穏やかで、人なつっこくて。

貴族や神官、臣下の前でも、こんな彼でいられる環境だったらいいのに、と願わずにはいられなかった。

たとえ、そばで支える人が自分ではなくても――。

「ショウさま、ショウさま、かっこいいです、さすがヤノのご主人さまです……!」

ヤノが尻尾をぶんぶんと振って飛びついてくる。章はヤノを抱き上げて「もっと褒めて」とからかった。すると、自分もふわりと宙に浮く。

「えっ」

アスランが章を腰から抱き上げたのだ。

「さすがは私の神子だ、誇らしい」

アスランが章を笑顔で見上げた。グレーの瞳が神殿のステンドグラスを反射して七色に輝いている。その美しさに気を取られ、状況を把握できないでいると、誰かがパチパチと拍手をした。

すると二人、三人、と拍手をする人が増えていき、その場にいたほとんどの人が章に向けて拍手した。

「えっ……な、なに？」

冷静に考えると不思議な光景だ。

ヤノを抱っこした自分が、国王に抱きかかえられて、神官や貴族たちから拍手を送られているのだから。

「ショウの言う通りだな、未来を見ることに慣れきって、進歩を怠ってきた結果が、今の状況だ。バッタの災害だって、過去の記録を分析していれば、雨が続いていたときに予見ができたかもしれない」

アスランはみんなに聞こえるように話したあと、そっと章の耳元でささやいた。

「きっとショウは、私たちに『過去』を見つめさせるためにやってきた神子なんだね」

「そ、そんなわけないだろ、ただの本好きです」

章は恥ずかしくなってうつむく。その顔にヤノが抱きついた。

「へへっ、ヤノの自慢のご主人さまです！」

「よし、俺は自慢のご主人さまだから、ご褒美にもっとヤノを抱っこさせろ～！」

そんな賑《にぎ》やかなやりとりを、一人だけ苦々しい表情で見つめていたのがコブロフ公爵だった。

はたと目が合うと、なぜか不敵な笑みを浮かべる。気味の悪さだけが残ったのだった。


その夜は、いつも通りオレクサンドルが章を迎えに部屋を訪れた。

章が躊躇《ちゅうちょ》していることに気づかれたのか「何か」と尋ねられる。ポケットの中でぎゅっと握ったのは、エドゥアルドがくれた〝集合場所と日時〟の紙だ。自分の世界に帰る、返還の儀式のための。

『太陽三の刻、神殿の地下礼拝堂』と書かれていた。

太陽三の刻とは、この国でいう早朝だ。そうなると、アスランと会えるのは今夜が最後になる。

会って見納めするのか、忘れるために会わずに過ごすか——決めかねていたのだった。

机には先ほど修復が終わった本を置いていた。

（これだけ……渡しておこう）

章は本を抱きかかえ、オレクサンドルに提案した。

「襲撃された書物庫がまだ少し怖いので、今日は別の場所で会えないでしょうか」

はっとしたオレクサンドルが「配慮が足りず申し訳ありません」と頭を下げる。

（中庭はいやだな）

昨夜のアスランとディミトリが会っていた場所をふと思い出し、複雑な気分になる。するとオレクサンドルが扉を開けて、章が部屋から出るのを促した。

「では参りましょう」

「参るって……どこへ？」

無表情でオレクサンドルが「陛下の私室です」と答えた。

どんなルートを通ったのか忘れてしまったが、章はアスランの私室の前に立っていた。

観音開きの扉の両サイドには、甲冑《かっちゅう》を着た大柄の衛兵が立っている。

オレクサンドルが扉をノックすると、突然扉が開き、アスランが飛び出てきた。

「よく来たね、私の神子！」

全力で尻尾を振っているかのようなアスランが、手を引いて中へ入れてくれた。

オレクサンドルは入室せず、そっと扉を閉じた。

二人きりの状況に緊張しつつも、章はアスランの私室を見回して「わあ」と声を上げてしまった。

王宮の神殿寄りに用意された章の部屋も、有名ホテルくらいには立派だったが、国王の部屋ともなるとロイヤルスイート——泊まったことはない——のような内装だった。

執務室と寝室、そして奥には広いベランダがあり、浴室は二つ。調度品、絵画、応接セット——どれをとっても一流品だと一目で分かる。テーブルの細かな装飾に触れ、鳥肌が立った。「素人に『すごい』と思わせる美術品は本物」という美術家の著書の一説を、章は思い出していた。

その豪奢《ごうしゃ》な壁に、年季の入った地図が飾られていた。

章が修復した、アスランの地図だった。

「……飾ってくれてるんだ」

「ああ、ショウが最初に私のために修復してくれた、記念の地図だからね」

アスランは嬉しそうにグラスにワインを注ぐ。

「今日は書物庫じゃないから、飲食もできる」

アスランはうきうきしていた。見えない尻尾がぶんぶんと左右に揺れる幻覚が見える。

章をソファに座らせて、自分も横に陣取ると、グラスを渡して乾杯をした。

一口飲んで気づく。

「あ、これあのワイナリーの……！」

味見させてもらった琥珀《こはく》ワインだ。よく分かったね、とアスランが距離を詰めてきた。

「で、その大事そうに抱えてきてくれた本は？」

章が持ってきた本に興味津々だ。

『降水量と山の精霊』っていう本。この間、砂防に興味を持ってたから読みたいかなと思って修復を急いだんだ」

「ありがとう、嬉しいな」

アスランは本をめくろうとして、はたと手を止めた。

「これ、他の本と比べものにならないくらいボロボロだった本だ……こんなに立派に修復してくれるなんて、もしかして無理した？」

「少しだけだよ、夢中になってしまって」

本当は嘘だ。自分でも信じられないほど無理をした。

それくらい、早くアスランに開いてみてほしかった。前回みたいに未来が見える兆しが起きるかもしれないから。

あれほど大勢の前で「過去から学ぶことが進歩だ」などと力説していたくせに、アスランの第三の能力覚醒は、やはり願ってしまう。このムゼ王国のためではなく、アスランが後ろめたさを感じることなく、彼らしく生きるために必要だと思ったからだ。

しかし、アスランは開かず「明日ゆっくり読むね」とテーブルに本を置いた。ワインの入ったグラスをゆっくりと揺らし、遠くを見るような表情でこう漏らした。

「きょうのショウ、格好よかったな」

あの神殿での熱弁のことだ。章は恥ずかしくなって、忘れてくれ、と片手で顔を覆った。

「なんであんなに熱くなっちゃったんだろう、恥ずかしいよ……」

コト、と肩に重みが。アスランが章の肩に頭を預けるように寄りかかっていた。上目遣いでこちらを見る。きれいに生えそろった長いまつげは、髪と同じ金色だった。

身体も大きくて、いつも落ち着いているので忘れがちだが、こういう仕草を見せるとき、彼が年下なのだなと思うことがある。

「楽しみだな。こんなに格好いいショウが、私の番になる日が」

章は「なんだそれ」と笑ってごまかし、明日にはここからいなくなることを告げることができず罪悪感にさいなまれる。そして話題を変えようと茶化した。

「鏡を見たことないの？　本当に格好いいっていうのはアスランみたいな人のことを言うんだ。俺なんか初めて会ったとき、アスランを神様か天使に間違えたくらいなんだから」

「この容姿はギフテッドアルファだからだよ。鳥って求愛行動のために雄が美しいだろう？　さしずめ私は孔雀《くじゃく》のようなものだ」

時折思う。アスランは、自分が思っている以上に、自分のことが嫌いなのかもしれない。

「ほら、孔雀が求愛してるよ」

カリ、と指先を甘く噛《か》まれた。いたずらっぽい雰囲気に見せかけているが、こちらを見る目が『本気だ』と訴えている。

ここは彼の私室。いま「もちろん」と答えたら、そのまま抱いてもらえるのだろう。そして、アスランが以前教えてくれたように、オメガの身体に変わる。番になるための下準備として。

甘噛みされた章の指を、アスランがぎゅっと握った。

「……試すようなことを言ってしまったね。正直に言うと、もうずっと、ショウを抱きたくて仕方がない。でも私がショウを抱く、ということはいくつも意味があって……」

「分かってる。身体がオメガになるってことと、番になるってことだろう？」

「もう一つある。私の番になるということは、王配になるということなんだ」

「それも……知ってるよ」

ディミトリたちとも、その準備が進んでいることも。

もし、自分がアスランに望まれて番になったとしても、唯一のそれにはなれないのだ。

(最初から分かっていた。それが好都合だと思っていたじゃないか)

何人も妃や王配がいるからこそ、番になったとしても一人くらい消えたってなんてことないのだろうと。

（いつから、アスランを独り占めできるなんて錯覚を起こしちゃったんだろう）

章は思わず、こう尋ねていた。

「番になっても……自分の世界に戻りたいって言ったら、帰らせてくれる？」

アスランの深い呼吸が、止まった気がした。

「……帰りたい？」

章はうなずいた。

帰りたい理由が、今では違うけれど。

ムゼ王国から逃げたいのだ。自分以外と幸せになるアスランを見たくないだけなのだ。

「そんなこと言っていいの？　帰したくなくて、閉じ込めるかもしれないよ」

「ど、どうしてそんなこと」

「好きだからだよ」

アスランは章の肩に預けていた頭を起こし、向き合った。

「本当は今すぐ抱いて、ショウを何日も何日もむさぼって私のオメガにして、フェロモンの極限反応でもいいから私なしでは生きられない身体にして王宮の奥に閉じ込めて――」

「アスラン」

「でも私が欲しいのはショウの愛なんだ。ショウが私を好きになってくれなければ、何も始まらないんだ」

「落ち着いてくれ、アスラン」

「落ち着かない。弱き者に優しく、ちょっと抜けているのに賢くて、私に起きたことを自分のことのように怒ってくれるショウが好きなんだ。お願いだ、私を好きになってくれ。離れたくなくなるくらい私を」

　アスランの瞳から、ぽろぽろと涙が落ちていく。

　身体の大きな美丈夫が、章の前に膝をついて泣いている。ガラス玉のようなグレーの瞳でこちらを見上げて懇願した。

「そして、キスからやり直させて」

　アスランは過呼吸の応急処置で、章のファーストキスを奪ってしまったことを悔いていた。もっとロマンチックなキスをしたかったのだと。

　胸がきゅうと音をたてて絞られていく。

　選び抜かれたアルファなのに、優しくて純粋なアスラン。そんなところに自分は惚《ほ》れたのだ。言わないけれど。

「……泣き虫だ」

親指で涙を拭《ぬぐ》ってやると、アスランはその手に頬ずりをした。

「ショウの前だけだ」

明日、自分はアスランの前から消える。

今夜がお別れの儀式なのだ、と章は自分に言い聞かせた。

(大丈夫、諦めることには慣れてる)

ただ思い出が欲しいと思った。わずかな期間だけだが、このムゼ王国で過ごし、アスランと濃密な時間を過ごした証《あかし》が。

あることに気づいて、自分の愚かさに笑ってしまった。

(いや……その後、無事に帰れたとしてどうやって生活する? あれほど覚悟がいるものだと言われたのに)

自分の理性が猛抗議するのに、章は耳を貸さなかった。

もらえるではないか、大きな証が。アスランと愛し合った証が。

章はアスランに顔を寄せてキスをした。ふわりと重なった唇は、しっとりとしていて、甘さすら感じた。

「……ショウ?」

涙が止まり、目を瞠《みは》るアスランを前に、章は自分の服を脱いだ。

「今夜、俺をオメガにしてくれる？」

寝室に移動して、天蓋《てんがい》付きの広すぎるベッドに入ったアスランは、着ているものを全て脱いだ。

燭台に照らされた身体は、美術館の彫刻よりも美しくたくましい。それに比べ貧弱な自分の身体が恥ずかしくてもじもじしていると、アスランが章の腹に指を滑らせた。

「白いね……夢で見た肌よりずっと」

アスランの息はすでに荒くなっていて、衝動を必死に抑えているように見える。

章はアスランに抱かれることを決めたのだ。

アスランは言っていた。ギフテッドアルファの射精を体内に受けた者は、一晩かけてそれを粘膜から吸収して身体をオメガに変異させる――と。ただ、番となる『愛咬の儀』をするのはオメガになって発情期を待たなければならない。つまり、今夜番になることはできないのだ。

だからこそ、章は決めた。

（オメガという証だけを身体にもらって自分の世界に帰る）

キスだけでなく、恋愛も性行為も、何もかもが初めてなので、全てアスランに身を委《ゆだ》ねた。

「はあ……、ショウ、嬉しいよ……大切にする、ずっと」

舌を絡ませ合うと、アスランの唾液が甘い花の香りとともに口内に染みこんでいく。感情がとろ……と溶けていく心地よさに、章は酔いしれた。アスランのフェロモンの影響で本能が優位になっていくのが分かる。さすがに今回は人工呼吸はしないので、極限反応はないだろうが、そうなってしまったほうが楽なようにも思えた。

(あのときみたいに全部どうでもよくなって、欲しがってしまえたらいいのに)

章はアスランの首に腕を回し、ベッドに倒れ込むように引き寄せた。

アスランの股間にそそりたつそれは、膨張しきっていて血管が浮いているというのに、彼は自分を傷つけないよう必死で衝動を抑えていた。

章は口を開けてアスランの舌を受け入れながら、そっとその昂《たか》ぶりに手を添える。

自分だって男なのだ、性的な経験がなくても、どこが気持ちいいかくらい知っている。

ゆっくりとアスランの昂ぶりを擦《こす》ると、アスランは身体をこわばらせた。

「俺、怖くないから。アスランの好きなようにしていいよ」

アスランは時間をかけて章の身体を舌で味わった。

中でも反応のよかった脇腹《わきばら》と胸は、執拗《しつよう》にねぶる。その間に章もアスランの身体や股間を手で愛撫《あいぶ》した。お互いを高め合っている行為は、ひどく気持ちがよかった。

「あ……アスラン、ああっ、そこばっかり……」

アスランが章の胸の飾りを指でつまみ、揉《も》みしだいた。

「だってこうすると、ほら、ショウのここが……」

もう片方の手で陰茎から垂れた先走りを指ですくわれ、それを潤滑油に鈴口をくるくると指でなぞられる。

「感じてる顔、可愛い」

アスランがあえいでいる自分の顔をのぞき込むので、恥ずかしくなって顔を背けた。でも身体は素直で、もっといじってほしくて背中や腰が震える。

「可愛い、好き、食べてしまいたい」

アスランはベッドではおしゃべりだ、と章は思った。していることだけでもこんなに恥ずかしいのに、ずっとこうなのだ。好きだの可愛いだの、おいしそうだの、知能が高いくせに、思ったことをなんでも単語で思いつくままに口にする。

恥ずかしすぎて抗議をすると「考える暇がないくらい、あふれるんだ」と照れくさそうに笑った。

ああ、この顔を忘れないでいよう。

この熱と、もらった言葉のかけらたちを宝物にして生きていこう。

アスランは、章が傷つかないよう、香油と指でゆっくりと後孔をほぐしてくれた。恥ずかしくて何度も自分ですると訴えたが、「これもしたかったことのひとつだから」と愛《いと》おしそうに内壁を指でなぞる。

最初の異物感は徐々に薄れ、一緒に陰茎にも触ってくれたおかげで刺激だけが貯蓄されていく。

アスランから漂うフェロモンの香りも、いよいよ濃くなり、むせかえるような蜜の香りになっていた。

「すごい、甘い香り……こんなのみんなが嗅いだら……んんっ……大変な騒動になっちゃう……」

アスランは指の動きを止めずに、章の頬にキスをした。

「そうか知らなかったね……ギフテッドアルファのフェロモンを甘く感じるのは、私に好かれた者だけだ」

(……どういうことだ?)

顔を上げた瞬間、内壁の一部分にアスランの指が触れる。

「あああっ……?」

びりびりと身体に電流が走ったように、ベッドの上で海老反りになってしまった。

「な、なに、いまの」

「ショウのきもちいいところ」

アスランがまたそこを指の腹でなぞった。

「あぅ……っ」

同時に握られていた章の陰茎から、だら……っと白濁した体液が流れ出した。

「う、そ……いっちゃった……」

「ああ、でちゃったね」

腹にこぼれた精液を、アスランが指ですくって舐めた。

「き、汚いよ」

「そんなわけない、全部欲しいんだから」

「今度、私のも飲んで？　ショウの身体の一部になりたい」

甘えるような声で、とんでもないことをささやいてくる。

「え、えっちだ……！」

「否定はしない」

しばらくにらみ合って、二人で吹き出した。

章はアスランの震える陰茎に手を添えて「もうしようよ」と言った。誘い方が変だったらごめん、とも添えて。

アスランは「喜んで」と章を四つん這いにして、後ろに勃起したそれを擦りつけた。

「一度挿《い》れたら……やめてあげられないよ」

おそらく、本当に最後の警告だった。ここから先は踏みとどまれない、つまり本当にオメガになってしまう、という。

「いいよ、覚悟はもうできてる」

アスランの指の背が章の頬をなぞった。

ずくずくと腰が疼く。これが自分の中に眠っていた性欲なのか、フェロモンにかき立てられた本能なのかは分からない。

「はやく……俺だって、性欲あるんだよ……？」

章の言葉に、アスランはフーッ、フーッ、と息を荒くして先端をつぼみに埋める。

「ん……っ」

指とは全く違う圧迫感に、章は声を漏らしてしまう。

「あ、あ、アスラン……熱い……っ」

ずぶずぶと埋められていく剛直の、くびれや血管まで分かってしまいそうなほど、章の

内壁は敏感になっていた。

アスランは腰を揺らし、少し進めては引き……を繰り返した。進むほどに、ぬち、ぬち、と音がするのは香油のせいだろう。なんて淫猥《いんわい》な音だ。

「すごい……ショウの中にいる……」

アスランが背後から抱きついてきて、大きな手が身体をまさぐった。

「うれしい……ショウ、うれしいよ……大切にするよ、ずっと私のそばにいて」

「あ、アスラン……」

うん、とは言えなかった。

明朝にはここを去る身。この大事な告白にだけは、嘘で答えることができなかった。

「好きに動いて……俺、大丈夫だから……めちゃくちゃにしていいから……」

どんな事態になってもいい。忘れられない夜に、してほしかった。

ばちゅん、と急に奥まで突き上げられ、四つん這いだった章の身体がベッドに押しつぶされる体勢になった。

「あっ、んんっ！」

うつ伏せの状態で、アスランがばちばちと腰を打ちつけ始める。

凶暴なほど昂ぶった陰茎が、尻肉を押しのけて章の最奥をえぐっていく。

「ふぐぅうっ」

枕《まくら》に顔を埋めた章は、その快楽と圧迫感に意識がひっくり返りそうだ。

（せ、セックスって……こんなに……激し……）

ハアハア、とアスランの息が首にかかる。

振り向くと、暗闇《くらやみ》でアスランの目が猛禽類《もうきんるい》のように光っていた。

「ショウ……ああ、愛しい……孕《はら》ませたい……」

章の首にアスランが鼻を擦りつけ、甘噛みをしていく。

「ショウ、ショウ、咬ませて、咬ませて……」

それがアルファの最上級の求愛だと、今では分かる。運命共同体になるということなのだから。まだ身体がベータの章を咬んでも、番にはなれないのに、アスランは何度もうなじを甘噛みした。愛しくて、可愛くて、彼にならなんでも許してあげたくなる。

アスランに身体を揺さぶられている間は、快楽に支配されていたおかげで、余計なことを考えずにその熱を享受できた。うつぶせ寝の状態で挿入されていたが、いつの間にか体勢が変わり、自分がアスランにまたがっていた。さすがに恥ずかしくなって顔を隠す。

アスランはあおるように腰を突き上げ、何度も何度も章をよがらせた。

そして向き合うように組み敷かれ、足を高く上げられた状態で、その瞬間はやってくる。

後孔が一部分だけさらに圧迫されたような感覚になったのだ。

「あっ……なに、これ……っ」

「ごめんね、アルファは亀頭球《ノット》があるんだ」

これは動物の解説本で読んだことがある。犬科には、射精前に雌を逃がさないよう陰茎の根元が膨らみ、射精が終わるまで抜けないようにする——と。

「長いよ。覚悟してね」

何が、と問おうとして、内壁が急に熱くなった。

「あああああっ」

どくどくと脈打つ陰茎から、アスランの精が流し込まれるのが分かる。

「っ……すごい、ショウの中がまだうねって……」

アスランもぎゅっと目を閉じて恍惚《こうこつ》とした表情を浮かべている。

（きれいで、可愛くて、えっちで、純粋なアスラン……大好きだよ）

章は内壁にどくどくと注がれる精を感じながら、アスランの顔に手を伸ばす。アスランもそれに気づいて、指を絡ませてぎゅっと握ってくれた。

（これ知ってる、〝恋人つなぎ〟だ）

そんなことを思いながら、章はまた絶頂した。もう何度も達していたせいで精液が出ず、透明なさらさらとした体液をこぼすだけだった。

「ショウ……ああ、私のオメガ……」

アスランがきれいな涙を一筋こぼしていた。

この涙も石にして持って帰れたらいいのに、と章は願わずにはいられなかった。


目が覚めると、何かに髪を引っ張られ首がカクンと折れた。

「いてて、なんだ……？」

身体を起こして、章はぎょっとした。黒くて長い髪が自分の肘《ひじ》や腕の下に広がっていたからだ。

「ひっ」

井戸から出てくる黒髪の怨霊《おんりょう》のホラー映画を思い出し、戦慄する。

その声で章を抱きしめるように寝ていたアスランが、目を覚ました。

「あ……ショウ、おはよう……身体は――」

そう言いかけて絶句している。

「うん、絶好調。なんかすっきりしてるくらい……どうしたのアスラン」

力こぶを作ってみせる章に、アスランは口をはくはくとさせたまま鏡を指さした。

「なに？　変な顔してる？　しょうがないだろ全部初めてだったん――」

鏡を見て、章も絶句した。

朝日が差し込む豪奢な天蓋付きベッドには、半身を起こして鏡を指さしている半裸のアスランが映っていた。

そしてその手前には、さらさらの黒髪が尻のあたりまで伸びた青年が、全裸でへたりと座っていたのだ。

「へ？」

顔は間違いなく自分だ。身体をぺたぺたと触ってみるが、同じように動いている。違うのは昨日まで短かったこの黒髪と、身体の曲線――。

貧弱とはいえ、骨っぽかった自分の身体が、女性とまではいかないがどことなく丸みを帯びていた。肌も吸いつくように柔らかで、かろうじて存在していた程度のすね毛も全くなくなっていた。

そして、ショックなことに、陰毛も消え、陰茎も心なしか小さくなっている。

「ひ……俺の……男の勲章が……！」

アスランが瞳を潤ませてこちらを見つめている。

「アスラン、これって、俺、身体が……」

彼は何度もこくこくとうなずいて、章を強く抱きしめた。

「オメガに……なったんだね……」

彼の腕の中で、自分の身体が変異したことを実感する。アスランのフェロモンの香りで、下腹部がズク……と疼いたのだ。初めての感覚に、これがオメガの子を成す器官なのだと思い知る。

「ああ……俺、もらえたんだ……証を……」

アスランに愛された、誰にも改変されない証を。

「証？」

尋ねてくるアスランの胸に、章は顔を埋めて、思い切り息を吸い込んだ。

鼻腔を通って肺にアスランの香りが満ちていく。これでもかというほど、何度も何度も吸い込んだ。

そうして、アスランから身体を離して、こう伝えた。

「ごめん、歩けないから……朝ご飯、ここで食べてもいいかな。あと着替えもほしい」

それにこの姿をまだ人に見られたくない、とねだる。

「そうだね、ゆっくりしよう。朝食と着替えを手配させよう。少し待ってて」

アスランはベッドから下りてガウンに袖を通す。朝日を浴びた筋肉質の背中を、章は目に焼きつける。

「動かないで安静にしてて、あとで医師にも診《み》てもらわないと！」

そう険しい表情を作って指示するが、浮かれているのが丸分かりで、部屋を出ていく足取りが今にもスキップになりそうだ。

アスランが扉の向こうに消えると「オレクサンドル～！」と浮かれた声が聞こえてきた。

章は昨夜の服を着ると、アスランの気配が消えたことを確認してから部屋を出る。

扉の衛兵には「中庭で花を摘《つ》んでくる、アスランにあげたいから内緒にして」と伝えた。

衛兵はほっこりとした表情で見送ってくれた。

章はポケットに手を入れて、あの紙を確認した。

『太陽三の刻、神殿の地下礼拝堂』

章はぎゅっと目を閉じて、脳裏に浮かぶアスランに告げた。

「さよなら、俺のアルファ」

【6】

神殿の地下礼拝堂は、想像以上に真っ暗だった。設置された松明《たいまつ》がなければ一歩も前に進めないだろう。

祈りを捧げていた神官長エドゥアルドが、章の気配に気づいて振り返る。

「時間通りですね、地下礼拝堂までのルートが分かりにく――」

彼が章の姿を見て言葉を失ったのも仕方がない、一晩でこれほど髪が伸びたのだから。

「ま、まさか、君……」

章はこくんとうなずいた。

「オメガになりました」

エドゥアルドはがばっと章の肩を摑み、襟を乱暴に引っ張った。

「まさか、番に！」

あまりの力に章がむせると、はっと我に返って謝罪した。

「す、すみません、まさかアスランと番になったのですか」

「いえ、オメガになっただけです。オメガになるのに一晩かかりますので」

エドゥアルドはほっとした表情を浮かべる。

オメガ化で身体の器官が変異していく際に、代謝が活発化して髪が伸びてしまったのだろうと教えてくれた。

しかし先ほどの振る舞いがあまりにも彼らしくないので、章は不思議に思った。

(番を引き離すとかわいそうだからって理由にしては、乱暴だな)

「では、アスランの能力に何か影響でも……?」

章は首を横に振った。アスランを真のギフテッドアルファとして覚醒させるのは、自分ではなく本なのだから。エドゥアルドにそこまで言う必要もないが……。

エドゥアルドは、残念がるかと思いきや、安堵するような声音で「そうですか」とうなずいた。

「それでは行きましょうか」

「行くってどこへ？　ここで儀式をするんじゃないんですか」

「返還の儀式は、別の神殿でしなければならないのです。隠し通路から城外に出て二日ほどかかります」

エドゥアルドは章をエスコートするように、手を差し出した。

重ねようとした瞬間、キャン、と背後から子犬のような鳴き声がした。振り向くと銀色の子狼がいた。

「ヤノ」

ぽん、と人間の姿に戻ったヤノは、ぐじぐじと泣いていた。

「どこに行かれるんですか、ショウさま。僕、一人でお留守番して……朝、陛下の部屋にお呼びがかかったのでうかがったら……ショウさまがいなくて……」

一晩不安だった上に、国王の私室にいるはずのショウの姿がなかったので、匂いを辿って追いかけてきたのだという。

「狼の嗅覚をなめないでくださいぃ」

「ヤノ……」

エドゥアルドが「行きましょう」と章の手を引くが、反対側の手をヤノが引っ張った。

「だめです、陛下が心配してしまいます」

ちっ、と舌打ちが聞こえたかと思ったら、ヤノが吹き飛ばされた。

きゃん、という声とともに床に倒れる。

エドゥアルドを振り返ると、手から水蒸気のようなものが出ていた。精霊を使ったのだろう。その風圧で半数ほどの松明も消え、地下礼拝堂が薄暗くなる。

章はエドゥアルドの手を振り払って、ヤノを抱き起こした。

「大丈夫か、ヤノ！　何をするんですか、エドゥアルドさま！」

エドゥアルドは両手を広げた。

「しつけのなってない獣僕を懲らしめただけですよ。大丈夫、彼らは頑丈です、死にはしません」

ヤノを診療所に連れていこうとすると、地下礼拝堂の出口を衛兵が塞いだ。

「逃がしませんよ、君にここにいられては我々が困るのです」

エドゥアルドの顔から笑みが消えた。美形の無表情は、なぜか死を連想させて不安をかき立てる。

「こ、困る……？」

「詳しいことはまた後ほど、おやすみなさい」

直後、口元を布で誰かに塞がれる。薬草のような香りがしたかと思うと、そのままぐるん、と意識が薄れていく。

視界もぼやけ始め、章はヤノを抱いたまま床に倒れた。

「黙ってついてくればいいものを。下賤《げせん》の民め」

あの穏やかで優しい神官長とは思えない台詞が聞こえてきたのだった。

最初に目が覚めたときは、何かに揺られていた。手足が動かない。ロープで縛られているようだ。

呻き声を上げると、見知らぬ男が章をのぞき込んだ。

蹄《ひずめ》の音と馬の鳴き声。ガタガタという車輪の音——。

どうやら馬車の中にいるようだ。横を見ると同じようにヤノも拘束されて目を閉じていた。息はしているようなので、気を失っているか眠らされているようだった。

「お目覚めだな、もう少し眠ってもらうぞ」

のぞき込んだ男が、章の口を布で塞いだ。またあの薬草の香りだ。

「しかしこいつオメガか、黒髪とは珍しいな」

「おい、手を出すなよ。運ぶのが仕事だからな」

「手は出さなくてもコッチは出せるぜぇ」

男たちの下品な冗談が、幌馬車の中に響く。そうしてまた、何かを考える暇もなく、章の意識は薄れていった。

もう一度目を覚ましたときには、二人の男に脇と脚を抱えられて運ばれていた。

「おい、こいつ起きたぞ」

視界に飛び込んできた光景に、章は目を瞠った。

空と山、遠くに小さな街――。かなり標高の高い場所に連れてこられたようだった。

「後ろは断崖《だんがい》絶壁だから暴れるなよ、俺たちと心中したくなかったらな」

運んでいる男が忠告した。

(断崖絶壁――)

そのまま進むと、岩場に作られた厳かなファサードが現れる。

(ここがエドゥアルドの言っていた、返還の儀式のための神殿――)

そう思いかけて、我に返る。

ヤノを傷つけ、自分をも拉致《らち》したエドゥアルドは、もはや信用できない。

ヤノの状況も分からない今、自分が動くのは得策ではないと判断した章は、また眠ったふりをしておとなしく運ばれたのだった。

標高の高い山肌を削って、横穴を掘るように作られた神殿の中は、ひんやりとしていて薄気味が悪かった。

章は手足を拘束されたまま、なぜか三人の神官に風呂《ふろ》に入れられた。

理由を問うと「不潔な人間を神聖な神殿に入れることはできません」と返事が。

「眠らせて連れてきたくせに」

言い返したが、神官たちは以降一切口をきいてくれない。そのわりに、じろじろとこちらを舐めるように見るのだった。

拘束を解かれると、牢《ろう》に放り込まれた。ひんやりしているというより寒いほどで、木製の台に布が一枚敷かれただけのベッドらしきものがある。

「まるで罪人だ」

明かりの届かない部屋の隅が、もぞ、と動いた。

勢いよく飛びかかってきたと思ったら、ヤノだった。

「ショウさま！」

ヤノがおいおい泣いてしがみつく。

「ご無事でよかったぁ、なんか石けんのいい匂いもしますぅ」

章はヤノを抱き上げて怪我がないか確認する。エドゥアルドに何メートルも吹き飛ばされたのだ、骨が折れていてもおかしくない。

「怪我はないみたいだな」

「はい、僕きょうだいのなかでも治りが早いほうで」

「きょうだいのなかでも治りが早い？」

どういうことだ、とのぞき込むとヤノが自慢げに言った。

「ええ、みんなが数日かかるものが二時間くらいで治ります」

それはすごい特殊能力ではないだろうか。

「ショウさま、オメガになられたのですね。匂いで分かります、長い髪もおきれいです」

ヤノに指摘され、ショウはうなずいた。

「陛下の番になるためにオメガになったのではないのですか？　どうして神官長さまと出ていこうとしたのですか」

「ヤノ……ごめん、俺……」

どこから話せばいいのか分からない。

アスランが自分を好いてくれているのは分かっていたが、王族の一夫多妻制には耐えきれないため逃げ出した——と言ったら失望されるだろうか。

「神子は自分の世界にお帰りになりたかったのですよ」

コツコツと靴音をさせて檻《おり》のそばでしゃがんだのは、エドゥアルドだった。

章は「ウーッ」と唸るヤノを抱きかかえ、彼からできるだけ距離を取った。彼は離れていても精霊の力を使えば攻撃できる。

「俺を……騙《だま》したんですね、エドゥアルドさま」

「騙した？」

エドゥアルドが一瞬驚いた表情を浮かべ、高笑いした。

「君を騙したんじゃないんですよ、アスランを騙すために君を使っただけです」

他の神官が檻の鍵を開けると、エドゥアルドは一人で中に入ってきた。能力のない神子に子どもの獣人――二人がかりでも負けない自信があるのだろう。

「返還の儀式なんて、嘘だったんですね」

いやいや、と彼は手を横に振り「全部」と言った。

「君がアスランの神子であるという話から、全て嘘ですよ？」

「な……なんだって」

エドゥアルドは得意げに語った。

神子候補となった異世界の三十七人から、神官長が最も有望な者を選び召喚する儀式で、あえて最も冴えない、最も能力の低そうな人物を選んだ――と。

「どうしてそんな意味のないことを……」

「意味はあるんですよ、アスランに『未来を見る』力が覚醒されてしまっては、僕が困りますからねえ……能力のないアスランと、ハズレ神子の君が結ばれて番になってくれれば、無能な王でいてくれるではないですか」

エドゥアルドが章が番になるために尽くしてくれていた理由は、アスランを真のギフテッドアルファに覚醒させないためだったのだ。

「なんの恨みがあってそんなことを」

「恨み……？　僕が恨みなんて単純なものではないんだッ！　あいつが、アスランが、僕が即位するはずだった王座を奪ったんだ！　義は僕にある、あいつが悪いんだよッ！　たかがギフテッドアルファだというだけで、おかげで僕はこんなくだらない神官なんかにさせられて……クソックソックソッ」

エドゥアルドが豹変《ひょうへん》したように叫んで、木製の寝台を蹴り上げる。

（エドゥアルドは正室の子で第一王子……本来なら王位継承権第一位なんだ）

「無能の神子をあえて選んだはずなのに、アスランが君のおかげで『未来を見る』力の兆しを得た……その知らせを聞いたときの僕の気持ち、分かりますか？　手駒《てごま》に裏切られた気分でしたよ、ショウさん」

ずっと無能でいればよかったものを、とエドゥアルドが急に近づいてきて章の髪を摑んだ。

「まさかオメガにまでなるだなんて……それで番にでもなってごらんなさい、完全覚醒してしまったらこちらの計画は台無しです。君を引き離す手筈《てはず》を急いで本当によかった」

エドゥアルドは口元に手を当てて、優雅にふふふと笑った。

「今ごろアスランは必死で君を探しているでしょうねえ……君が好きで好きでしょうがなかったみたいですからねえ。アスランを夢中にさせてくれたことだけは君に感謝しますよ」

キラリと何かが光ったかと思うと、ザク、と音がして、黒髪がハラハラと床に落ちた。短剣で章の髪を切ったのだ。また髪を引っ張られて、ザク、ザク、と切られる。

「っ……！　な、何を……！」

エドゥアルドは章の長かった髪を全て切り落とし、檻の間から外にいる神官に突き出した。

「これを五束に分けて、国内の各地で発見させなさい。時間差もつけて」

神官は受け取って深く一礼すると姿を消した。

「東西南北……いろんな地で君の髪が発見されたら、アスランは余計に混乱するでしょうねえ。そうして最後に、ぼろぼろになった君の遺体を見つけるのです」

ハハハと楽しそうに腹を抱えるエドゥアルドは、神官どころか悪魔のようだ。

遺体、と聞いて章は身体をこわばらせた。

「ああ、すぐには殺しませんから安心して。この神殿は今困っていることがあって、君には大事な仕事があるんです」

檻の向こうから、数人の男の笑い声が聞こえた。

「この神殿は標高も高い上に、断崖絶壁にあるので人の行き来が難しくて、勤める神官たちが、みなぎらせて困っているんですよ」

嫌な汗が、ツ……と背中を流れる。まさか。

「ベータでもよいとのことでしたが、直前にオメガになってくれていたので皆さん大喜びです。次の発情期くらいまでは、こちらで楽しくお過ごしいただきます。遺体の犯された痕跡に絶望するアスラン……ふふふ、楽しみで笑いが止まりません」

「オメガの身体は柔らかくて格別ですからね……へへへ……」

神官たちも一緒に下品な笑みを浮かべている。

章だけ風呂に入らせたのは、慰み者にするための下準備だったのだ。

ヤノが腕の中でグルルと唸って牙を剝く。それに気づいたエドゥアルドが短剣をヤノに向けた。

「なんですかその顔は？　僕はこの世で獣人が一番嫌いなんですよ……アスランにだけ特別な獣僕が与えられて、みじめな思いをさせられましたからね。そうだ、まずは見せしめに殺してあげましょうね」

エドゥアルドがこちらに手を伸ばすので、章は自分の背にヤノを隠して両手を広げた。

（俺はどうなってもヤノだけは守らなきゃ）

聞き覚えのある声がしたのは、そのときだった。

「何やら楽しそうな声が聞こえてきますね、神官長」

燭台の明かりで浮かび上がったのは、赤毛の美青年――ディミトリだった。ディミトリは、牢でエドゥアルドと対峙《たいじ》する章を見るなり、おや、と片眉を上げた。

「なんだ君、その無様な姿は」

ディミトリが口の端を引き上げて、意地悪に笑った。他のどんな候補たちが章を嘲笑《ちょうしょう》しても、彼だけは笑わなかったのに。

「これはこれは、ディミトリさま。お早い到着でしたね」

エドゥアルドが神官特有の拝礼をする。

「ええ、絶望で震える彼の顔を見ておきたかったものですから」

そう言うと、牢の中に入ってきた。

さほど広くもないのでエドゥアルドが場所を譲り、牢の外に出た。

「ディミトリ……」

ディミトリは燭台を章の顔に近づけ、身体を屈《かが》ませてじっとりとこちらを見下ろした。

「君はやはり愚か者だったな、こんな簡単に罠《わな》にかかるとは」

「ど、どういうことだ……？」

ディミトリは、意地悪な笑みを浮かべながら説明した。

彼の父コブロフ公爵が、息子のディミトリを国王の正室にしようと画策していること。そのためには章が邪魔だったが、章が国王の第三の能力を覚醒させる兆しがあった際、エドゥアルドとの利害が一致。刺客を放ったり、章を攫《さら》ったりする手筈を整えたのだ——と。

「君は本当にうかつだった。陛下に気に入られて書物庫を出入りしている上に、陛下のフェロモンが花の香りがするなどと言うから……」

そういえば他の候補者を慰めるつもりでそう言ったときに、ディミトリが「黙れ」と激昂したことがあった。

「あれで、陛下が君に本気だと知られてしまった。君を殺せば陛下はショックで立ち直れなくなるだろう。そこに神官長が摂政として入り、僕が陛下をお慰めする——という手筈なんだ」

花の香りに章は引っかかっていた。

アスランとディミトリは密会する仲だったはずだ。ディミトリには花の香りが分からなかったのだろうか。

「花の香りがするなんて言うのは君だけだった。もちろん僕もそんな香り嗅いだことがない。陛下の寵愛《ちょうあい》を一身に受けているとも知らず、元いた世界に帰れるなどと幻想を抱いて逃げ出す人間に、国母となる資格などない。このまま父や神官たちの慰み者となり死んでいくがいい」

そういえば、アスランも『ギフテッドアルファのフェロモンを甘く感じるのは、私に好かれた者だけだ』だと言っていた。

花の香りは自分だけ、陛下の寵愛を一身に――。自分がエドゥアルドから聞いた話と何かが食い違う。

「でもディミトリも王配になるはずでは」

「陛下は伴侶《はんりょ》は一人だけだと宣言してらっしゃる。周りは諦めずに複数の妃や王配を持つよう勧めていたがな……」

檻の向こうにいるエドゥアルドを見ると、くく……と笑っていた。アスランが複数の候補と番になるという話も、彼の作り話だったのだ。

怒りを通り越して自分が情けない。自分の世界の歴史と照らし合わせても王族はそれが普通だろうと、勝手に納得していたのだから。

勇気を出してアスランに聞いてしまえばよかったのに、嘘を真に受けて勝手に傷ついて、ヤノを巻き込んでこんな事態になってしまった。握った拳《こぶし》に爪《つめ》が食い込む。

エドゥアルドがディミトリに話しかける。

「ディミトリさまが国母となれれば、ムゼ王国は安泰ですよ。陛下と一緒に過ごすうちにご寵愛も得られましょう、ところでお父上がこちらにいらっしゃると……？」

父上とはコブロフ公爵のことだ。先ほどの「父や神官の慰み者となり」というディミトリの発言が気になったようだ。

「ショウがオメガになったと聞いた父が、神子を抱いてみたいとこちらに向かっています。あと二日もすれば到着するでしょう。父は極度の潔癖症なので、風呂にでも入れて磨いておいてください」

あの太った公爵を思い出し、ショウはぞっとした。ディミトリが牢を去ると、エドゥアルドが忌ま忌ましそうに言った。

「コブロフ公爵が来るまでは、あなたを清潔にしておかねば。神官のお手つきなどを渡せばお怒りになるでしょうから。近い将来、私の政治のパートナーになる方ですからね」

傷ついたアスランを摂政として支える兄、財力で支える義父――という立場で、傀儡にしてしまおうという算段なのだ。

エドゥアルドは神官たちに、ショウにまともな食事を与えるよう指示した。そしてエドゥアルドが短剣で切った髪も整えるように、と。

そしてこちらを見て脅した。

「こちらの言うことを聞かない場合は、君の獣僕をすぐさま殺します。自害しても同様です。可愛い獣僕のためにもお利口にしていてくださいね」

エドゥアルドの目は本気だった。

ガンと牢の扉が閉まり、何重にも巻かれた鎖に錠がつけられた。

恐怖と後悔、混乱と怒り、そして自分への嫌悪で、章は吐きそうになっていた。

「俺は……どうしたらいい……ごめん、ヤノ……巻き込んでしまって……」

ヤノを抱きしめ、声を殺して泣いた。するとヤノも一緒にぽろぽろと泣き自分を責めた。

「僕がもっと強かったら……僕のほうこそ……申し訳ありませんショウさま」

主と獣僕は一心同体。章の精神状態が、そのままヤノに影響していたのだった。

＋＋＋＋＋

アスラン三世が謁見の間に現れると、貴族たちが一斉にひざまずいた。

そこにいたのは九人の貴族。アスランの番候補の親たちだ。

うち五人は、縄で拘束した何者かを連れていた。拘束されている者は老若男女さまざまだ。

「国王陛下におかれましては、神子さまが行方不明とのこと、心中お察しいたします」

なかでも最も位の高いコブロフ公爵が、代表して挨拶をする。

アスランは片手を上げて「御託は良い」と遮った。

「私が望むものを用意できたか」

そう問うと、それぞれが拘束した者を前に突き出した。

他の四人の貴族は謝罪を述べた。

「申し訳ありません、情報が少なく、調べ上げることができませんでした」

アスランは椅子の肘置きを、ガン、と殴った。

「私は、神子を暗殺しようとした人間を捕らえてまいれと命じたのだ。それができなかっただと……？」

「ち、力及ばず、申し訳ありませんっ」

下手人を捕らえられなかった四人には、端で見物するよう命じて、残りの五人の貴族と向き合った。

一人の貴族がおずおずと発言の許可を求めた。

「あのう……下手人を捕まえてくれば、我が子を正室にしてくださるとおっしゃいましたが……五人も連れてきた場合はどうなりましょうか」

「真犯人を捕らえた者の子を正室としよう」

どのように真犯人を証明するのか、と問われたため、アスランはオレクサンドルに目配せをした。

オレクサンドルが手に持っていたのは、ナイフだった。

「こちらが現場に残された凶器です」

アスランは脚を組んだ。

「さあ、それぞれ自分の持ち物であるならば、柄《つか》の彫刻がなんの絵か申してみよ」

おそらくここに並べられた全員が「自分が犯人だ」と証言する。大金や家族の命などと引き換えに下手人役を任されているはずだ。

だが、このナイフには真犯人しか知らないことがある。

それぞれの貴族が連れてきた下手人たちが狼狽えながら「バラ」「ヘビ」などと証言する。そうしてコブロフ公爵の連れてきた下手人だけが、こう言った。

「彫刻などない」

するとオレクサンドルが、コブロフの連れてきた下手人以外の拘束をナイフで解いた。

「お前たちの疑いは晴れた、帰ってよいぞ。金が後払いの者はきっちり請求するがいい。不利益があれば私が支援しよう」

コブロフ以外の貴族たちは、震えた。

「柄に彫刻などない、嘘なのだ。それを知っているのは真犯人だけだ」

コブロフは高笑いをした。

「お見事ですな、陛下！　こうして真犯人をあぶり出すとは！」

「ああ、あぶり出せたよ。お前が刺客を送り込んだ真犯人だとな」

そう告げた途端、コブロフの表情が消えた。

「……どういう意味ですかな」

両手を拘束されて膝をついた下手人が、ちらりとこちらを見た。

「実は、下手人の容姿について、いくつか嘘をついた」

ある貴族には若い女だったと告げ、ある貴族には白い髭の男だったと告げた。そうして全員に違う特徴を教えた。ナイフの柄の彫刻も、全員に違うものを教えた。貴族は我が子を国王の正室にしたいがために、それに従って、そのイメージに合う下手人を仕立て上げ、ナイフの柄を聞かれたら「○○」と答えよ——と指示していた。

「コブロフ、お前はその嘘にそぐわぬ人物を連れてきた。それは真犯人を知っているからだ。さらに、お前に伝えた柄の絵は『狼』だったが、下手人はそうは言わず、凶器の真実を答えた。柄の絵など本人が知っているだろうと詰めなかったのだろう」

何をおっしゃる、と鼻で笑って、コブロフが反論した。

「ひとえに私の調査力ではありませんか？」

アスランは、ではもう一つ、と人差し指を立てた。

「実は、現場に獣人の体毛が残されていた。が、私はあえて全員に、神子を襲った〝人間〟を連れてこい、と命じた。なぜお前だけは獣人を連れてきた？」

他の貴族たちは人間を連れてきた。真実を知りすぎているコブロフだけは、降って湧いた我が子の正室話に冷静な判断ができず、罠とも知らず真犯人を連れてきてしまったのだ。

それでもコブロフは食い下がった。

「何をおっしゃいますか、私は前王から長年お仕えしてきたのですぞ！　なぜ信じていただけないのですか、これは我が公爵家への侮辱と受け取ってよろしいか！」

アスランは「そうか、では証言させよう」と脚を組み替えて、下手人を見た。

「お前、結局報酬はもらえなかったのか？」

下手人は黙ってうつむく。何も言えないようだ。

（と、なると、人質を取られている可能性があるな）

「ではお前に選ばせてやろう。ここで真犯人として殺されるか、正直に話してコブロフを処分し、握られた弱みについては私に解決してもらうか――」

下手人ははっと顔を上げた。

「チャンスは一度きりだ、お前は誰に雇われた？」

「お、俺は」

口を開こうとした直後、コブロフが剣を抜いた。口封じをしようとしているのだ。

オレクサンドルが飛びかかり、コブロフの剣を蹴飛ばす。

同時に、諦めがついたのか下手人は白状した。

「コブロフ公爵に、神子を殺すよう命じられました」

剣を蹴飛ばされて尻餅をついたコブロフ公爵は「貴様ぁ」と激昂しながら、衛兵たちに捕らえられる。

暗殺に失敗した男は、口封じに命を狙われていたが、妹を人質に取られ下手人として同行するように強制されたと白状した。

オレクサンドルが「手配しましょう」とすぐに下手人の妹の救出に向かわせる。

「金のためにお前がしたことは許さない。が、妹に罪はないからな」

するると下手人が床に手をついて、ひれ伏した。

「国王陛下……ありがとうございます……」

偽の下手人を仕立て上げた他四人の貴族たちは蟄居《ちっきょ》を命じられ、正直に下手人を捕まえられなかったと謝罪した四人の貴族に向かっては、こう声をかけた。

「そなたたちは、信用できるな。心労をかけてすまない」

いつもとは別人の穏やかな口調に、貴族たちは一瞬呆《ほう》けて、慌ててひざまずいたのだった。


問題はここからだった。

コブロフが刺客を送り込んだことは、内通者のおかげで知っていた。今回あぶり出したのはコブロフに、ショウの居場所を白状させるためだ。

ショウの失踪《しっそう》と同時に、神官長のエドゥアルドもいなくなっているので、おそらくコブロフと何かを企《たくら》んでのことだろう。

「……っ」

移動していたアスランは、立ちくらみを起こす。

ショウがアスランの部屋から消え、獣僕のヤノとともに姿を消してから四日が経過していた。その間、ほとんど眠れていない。

（ショウ、今どこに――）

そこから三時間、コブロフ公爵に尋問したが、頑として口を割らなかった。

ショウが失踪した翌日から、ずっと雨が降り続けていた。近衛兵総出でショウを探し、今は国外にも捜索班を出している。

執務室からアスランは窓の外を見た。こんな雨の中で、ショウは震えているのだろうかと思うと息が苦しくなる。

（いや、震えているくらいならまだいい、もしかすると――）

想像が悪いほうへと傾いていく。

あの夜、ショウの様子が違うことには気づいていた。

何かを思い詰めたような、もう後がないような、そんな切迫感があった。突然「オメガにして」と服を脱いだのも、何か理由があっただろう。

卓上には、ショウが修復した本がそのまま置かれていた。

あの夜に渡されて、彼が失踪したので開く暇も余裕もなかった。

「ショウ……」

ショウが修復してくれた本に触れ、タイトルを読む。『降水量と山の精霊』――。

自分のために無理をして修復してくれた本は、アスランの宝物になるはずだった。

ページをめくると、目次が書かれていた。

『チャプター一・過去五十年の降水量、チャプター二・過去五十年の土砂災害、チャプター三・災害を防ぐ精霊祭り……』

チャプターを「章」というのだ、と彼は名前の由来を教えてくれた。

一章一章、自分で物語を綴《つづ》れ、という名付け親の思いを感じ取ったことを思い出す。

「ショウ……章……」

意味を知ると、その言葉に命が宿る。

過去の記録を読むと、その時代の営みに触れる。

本には一章一章、書き手の思いが込められている、と彼は言っていた。

『だから俺、本が好きなんだ』

章の国では書物庫を図書館といい、そこの従事者になったのも本好きにとっては最高の仕事だからだと語っていた。

「章、今どこに」

章が心を込めて修復したであろう本を、彼の頬にそうするように指の腹で撫でた。

バチッと火花が飛び散るような熱さを指先に感じて、本から手を離した。

あのときの感覚だ。脳裏に光景が浮かんだときの――。

その熱さに一瞬躊躇したが、今『未来を見る』能力が覚醒すれば、章の居場所が分かるかもしれない。一縷《いちる》の望みに賭《か》けて、アスランは決意した。

山羊革の表紙に手の平を寄せる。すると吸い寄せられるように接着した部分が熱を持った。

バチバチと脳内で何かがはじける音がする。

その瞬間に、いくつもの風景が、断続的に映し出された。

割れそうに頭が痛いが、アスランは片手で自分の額を押さえながら目を閉じた。

神経を集中させて、脳裏に浮かぶ光景をもっとくっきり『見よう』――と。

見えてきたのは、山肌が崩壊する瞬間だった。大量の土砂が、その麓《ふもと》にある小さな街を飲み込んでいく。豪雨の中、土煙が立ち上る。目を覆いたくなる悲劇にアスランは唇を噛んで耐える。

土砂とともに落下している黒髪の青年がいた。

「――章!」

叫んだ瞬間、映像が消え、自分の私室が視界に飛び込んだ。

心臓がぞわぞわした。これは妄想ではない、と本能が警告する。

自分が見たのは、起こりうる未来なのだ——と。

「一体どこで起きるんだ、こんな大災害」

それが分かれば章の居場所も分かる。このままでは章も街も、土砂に飲まれてしまうというのに。

自分の役立たず具合に腹が立つ。

「父上はどうやって時間や場所を特定していたのだ、どうやって……」

執務室にオレクサンドルが客人を通した。

汗だくでやってきたのは、ディミトリだった。

ディミトリは、ある段階から協力者だった。コンタクトを取ってきたのは彼から。

章が陛下に特別扱いされていると知った父・コブロフ公爵が、刺客を手配するかもしれない——と忠告してきたのだ。

まもなく、その通りになってしまい、アスランはディミトリに父親の動向の報告と、父と連帯しているふりを頼んだのだ。

「こんなことをすれば自分の立場だって失うのに、なぜ私に協力する」

満月の夜に中庭で、彼の父とエドゥアルドがつながっているとの報告を受けた際、そう尋ねた。

するとディミトリがこう言ったのだ。

「僕は、国に貢献する人間になるよう厳しく育てられました」

どのような形でも、国益を優先するように、と学んできたのだという。

「ショウのまっすぐな気性、柔軟で吸収力のある知性、弱い者を守る姿勢――自信のなさは気になりますが、彼が国母にふさわしいと判断しました。国のためになることを僕はするだけです」

アスランは思わず笑ってしまった。

まさか章が、ライバルである番候補から推薦されるとは思ってもみなかったからだ。

「ショウに惚れてもやらないぞ」

「自信がおありのようですが、陛下がフラれる可能性はお考えにならないのですか」

こうして、賢くて信頼できる臣下候補が生まれたのだった。

――その賢くて冷静なディミトリが、汗だくで必死に訴えた。

「陛下、ショウはアルダガン地方のジンヴァリ神殿にいます！」

断崖絶壁を採掘するように建設された神殿だった。

アスランは、一気に血の気が引いた。自分が『見た』通り、あの高い山が崩れるとしたら、神殿にいる人間も麓の街も誰一人助からないのではないか――。

さらに恐ろしい報告が。

エドゥアルドが、章を神官たちの慰み者にして殺害し、遺体をアスランに送り届ける——という計画を立てている、というものだった。

「私の父がショウを欲しがっていると嘘をついて、二、三日は手を出さないように牽制《けんせい》してきましたが、どうなっているか……早く軍を出してください」

ディミトリが、馬を乗り換えながら丸一日かけて全速力で戻ってきてくれたため猶予はあと二日間となる。

ドドンと、城すら揺らす雷鳴がとどろいた。こんな天候で軍隊が移動するとなると、二日間での到着は到底無理だった。

アスランは、オレクサンドルとディミトリに、先ほど『見た』光景を伝えた。

「いつ崩れるかは分からないが、私が『見た』光景も、今日のような豪雨だった。早く行かなければ章も街も飲み込まれてしまう」

「行きましょう」

オレクサンドルが服を脱ぎ始めた。馬獣人の彼は、獣姿になればアスランを乗せて走ることもある。

「オレクサンドルが俊足なのは分かっているが、全速力で休まず走っても丸一日かかる。

この天候では……」

「ある地域の馬は、汗の代わりに血が噴き出すまで走るといいます。私も命をかけましょう」

手袋を外しているオレクサンドルの肩に、アスランが触れた。

「ありがとう、オレクサンドルの力を信じるよ……章を……街を助けたいんだ、頼む」

うなずいたオレクサンドルが、一瞬目を見開いた。

「ぐっ」

背中に痛みが走ったのか、その場にうずくまる。しばらく呻いて身体を震わせていると、背中がボコボコと膨らんでいく。

「オレクサンドル！　一体……」

その直後、バサ……とオレクサンドルの背中に広がったのは、これまでの彼にはなかった、大きな二対の翼だった。

ディミトリが「馬獣人に翼……ま、まさか」と顎を震わせる。

「オレクサンドル、もしかして私が覚醒したことで……」

驚いたように自分の翼を動かしたオレクサンドルは、アスランに向かって淡々と答えた。

「ええ、主と獣僕は一心同体というのは、言い伝えではなく真実だったのですね。一生、不完全な馬獣人のままかと思っていたのですが」

オレクサンドルは背中を丸めるとググ……身体を膨張させた。

一回り、二回りと大きくなり、翼の生えた大きな黒馬が姿を現した。

床にへたり込んだディミトリが奇跡でも見たような顔で、オレクサンドルを見上げた。

「天馬……こんな近くに、神獣がいたなんて……」

「ディミトリ、留守の采配《さいはい》は任せた」

アスランはオレクサンドルに鞍《くら》を乗せてまたがる。真っ黒の天馬姿のオレクサンドルはトト……とベランダに出ると、ふむ、と何かを納得したようにうなずいた。

「なるほど……翼だけでなく風の精霊に力を借りて飛ぶのか……ジンヴァリ神殿までは半日というところでしょうか。初心者ですのでしっかり摑まってください」

アスランがうなずくと、オレクサンドルが黒い二対の翼を大きく上下し、ベランダから飛び出したのだった。

【7】

「ショウさま、ショウさま……」

木製の硬い寝台で章が浅く眠っていると、ヤノに身体を揺すられた。

誰かが牢に近づいてきたのかと、身体を起こしてとっさにヤノを抱き込んだ。

この断崖絶壁に建つ神殿の牢に入れられて二日が経過した。

神官たちはコブロフ公爵が章を慰み者にすると聞いて、章の身なりを整えた。風呂にも入れ、神官長エドゥアルドに短剣で切られた髪も、きれいに切り揃えられた。

時折、章の身体を見て生唾《なまつば》を飲み込むような仕草はするものの、権力者の不興を買いたくないのか章に手を出す者はいなかった。

服も神官がよく着ているワンピースのような白装束を与えられた。食事もまともで、いざというときに逃げられるよう頑張っていると、神官がニタリとした。

「肉がついたほうが、抱き心地がいいですから」

オメガ化のせいで毛がなくなってしまった章の脚を、舐めるように眺めた。

気持ち悪いことこの上ないが、反抗するとヤノに何をされるか分からない。黙って脚を隠すしかなかった。

章を起こしたヤノは、異変を訴えた。

「山から変な音がするんです。ぴしぴし、ばきばきって」

章が耳を澄ましても聞こえない。耳のいいヤノだからこそ分かるのだろう。

「ん……山鳴りってやつかな」

額にコン、と小石が天井から落ちてくる。上を向くと、小さな石がパラパラと降ってきていた。

（こういう条件を、何かの本で読んだぞ……）

二年ほど前に災害ホームページを作る資料が欲しい、と地方自治体に頼まれたときだったように思う。「こんなに予兆があるのか」と驚いたことがあったのだ。なんの予兆だったか……。

神殿のファサード側に意識を向けて耳を澄ますと、まだ雨の音がしていた。

断続的な雨、山鳴り、降ってくる小石……。

「……山崩れだ！」

章は居眠りしている見張りの神官を、怒鳴って起こした。

「起きてくれ、山が崩れるぞ！」

寝ぼけた神官は「そんなこと言って逃げようと……」などと相手にしてくれない。章は、山崩れの予兆リストを思い出して、尋ねた。

「ここの飲料水は湧き水？　濁ってなかった？　濁ってたら勢揃いだぞ、崩れる予兆の！」

神官が突然無表情になる。当たりだったようだ。

慌てて他の神官たちがいる部屋へと走っていく、が、章たちは鍵をかけたまま置き去りにされた。

神官たちが慌てて荷造りしているのが見える。

章は檻にしがみついて叫び続けた。

「荷物なんか諦めて！　あと麓の街に知らせに行かないと、みんな生き埋めに――」

「お静かに」

エドゥアルドが檻に歩み寄って、微笑んでいた。

「攪乱《かくらん》ですか、迫真の演技ですね」

「違う、本当なんだ。俺の国は国土が狭くて山ばかりだから……」

「おかげで神官たちがパニック状態です。念のため避難させますが、おそらく嘘でしょうから君たちにはここで待っていてもらいます」

「そんな……その前に、麓の街に避難の指示を出してくれ、今ならまだ間に合うかもしれない」

「そんなことするわけないでしょう、嘘だった場合、神殿の沽券《こけん》に関《かか》わります」

「神殿の沽券より命が大事だろ……？」

エドゥアルドはふっと吹き出して、頬に手を当てて首をかしげた。

「そんなわけないじゃないですか、下賤の民がどれだけ死のうと神殿には関係ありませんから」

「……さすが、第一王子なのに国王になれないわけだ」

エドゥアルドの笑顔に青筋が浮いた。

「アスランなら一人でも多く助けようとするはずだ」

お忍びで街に出たのに「陛下陛下」と食べさせてもらったり、赤子の名付け親を任されたり、その「ネストル」と名付けた赤子の頬にキスをしたり――国民に囲まれた、あのアスランの柔らかな笑顔を章は思い浮かべていた。人の営みを大切にする彼なら、命をかけてでも街の人を守ろうとするだろう。

「ギフテッドアルファだったから国王になったかもしれないけど、アスランはずっと国王たり得るように努力して心を砕いていた、最高の王様だよ」

「僕がギフテッドアルファに生まれていれば、さらに良き王になったさ！　未来だって見えていれば、君の言う山崩れだって事前に分かっ――」

「『たられば』で運命を悔やむな！　その境遇で自分がどう生きるか次第じゃないか！」

ゴゴゴ、と地面が小刻みに揺れ始めた。

「時間がない、はやく麓に知らせて！」

そう叫んだときには、エドゥアルドは走り去って小さくなっていた。宝物だけは必ず持ち出すように、と神官に指示をする声がする。そうしてバタバタと全員が神殿から姿を消した。章とヤノを、牢に閉じ込めたまま。

章はその場にへな……と座り込んでしまった。

「ヤノ、ごめん」

エドゥアルドが牢の前に来たときが、最後のチャンスだった。泣いて命乞《いのちご》いをすれば、一緒に避難させてもらえたかもしれないのに。

ヤノが章の頭をそっと抱き寄せた。

「どうして謝るんですか？　僕は誇らしいです。やっぱりショウさまは、僕の自慢のご主人様です」

「ヤノは何も悪くないのに……こんなところで死ぬなんて」

ぼたりぼたりと涙がこぼれた。連動するように、ヤノの琥珀色の瞳から宝石みたいな涙が落ちてくる。

「俺なんかの獣僕になっちゃったせいで……ごめんなあ……」

エドゥアルドを信用しなければ、ヤノを獣僕に派遣されたときに断っていれば、アスランを好きにならなければ、図書館に持ち込まれたあの召喚本を預からなければ、図書館に勤めなければ、本を好きにならなければ――。

『「たられば」で運命を悔やむな』

先ほどエドゥアルドに叫んだ台詞を思い出して、情けなくなった。

(自分ができていないというのに、何を偉そうに)

ごうごうと響く雨音も、小刻みに伝わってくる地響きも、どこか他人事《ひとごと》のように思えてきた。

「本当に俺は、ハズレくじの人生だったたな」

迫る死の恐怖よりも、諦めが章を支配していた。

両親の死も、祖母の死も、アスランとの恋も――うまく諦めてきたじゃないか。でなければ、心が保てなかっただろう、とも。

パアン、と両頰を力一杯叩かれた。

もちろん叩いたのは、先ほどまで自分の頭を抱いてくれていたヤノだ。

「『俺なんか』って言わないでください」

ヤノは大きな瞳からぼたりぼたりと涙をこぼして訴える。

「『ハズレくじ』なんて言わないでください。ヤノの大好きなショウさまを、悪く言わないでください」

「ヤノ……」

ヤノが顔を真っ赤にして怒っていた、初めて見る顔だった。

「獣僕は主と一心同体です。ショウさまが『俺なんか』って言ってたら、僕もずっと『僕なんか』なんです」

アスランにもたしなめられた。「自分の未来の番を貶《おとし》めるな」と。

ヤノがキッと目を見開いた。いつもは垂れている太い眉がつり上がる。

「自分の価値は自分で決めるものです。ショウさまはどうしたいですか？　ヤノに命じてください、主をお支えして、願いを叶えることが獣僕の使命です」

——自分の価値は、自分で決める。

——自分はどうしたいのか。

（そんなこと分からない）

親が死んだから仕方ない、天涯孤独になってしまったからしょうがない、アスランは国王だから仕方ない――。そうやって諦めで組み上がった人間が、叶わない何かを望むなんて、許されるのだろうか。

「僕を信じて、命じてください」

ヤノがぐっと大人びた表情になっていた。一緒に死んでくれと言えば、おそらく死んでくれる――と思えるほどの覚悟を決めた目だ。

章は目を閉じ、願いを自問した。

アスランの顔が浮かぶ。

召喚された章の下敷きになったときの困ったような笑顔、チュルチュヘラを頬張る無邪気な笑顔、ワインの蔵マラニで甕《かめ》の中をかき混ぜる一生懸命な顔、章の修復した地図を愛しそうに指でなぞる微笑、自分の前にひざまずき愛を乞う泣き顔――。

「あ、アスランに……会いたい……」

ぼたぼたと、大粒の涙が床に染みをつくっていく。

「アスランの、ただ一人の、特別になりたい」

誰かにがっかりされるハズレくじの人生ではなく、一瞬一瞬をまぶしく思える生活を営みたい。諦めず、幸せを摑みたい。ふと、あるフレーズが蘇る。

『自分の人生の主人公は、一人しかいない』

何の本で読んだのだろうか。手紙だっただろうか。そのとき、確か「物語のように華々しい人生だったら、喜んで主人公を演じるのに」と、ハズレくじ人生を自嘲《じちょう》したのではなかったか――。

今ではそれが、願望の裏返しだったとはっきりと分かる。

章はぐっと唇を嚙むと、声を振り絞った。

「自分の人生くらい、自分が主人公になりたい……！」

カッと稲光が走り、激しい雷鳴とともに地面が揺れた。

(崩れる……！)

ヤノを守ろうと抱きしめようとした瞬間、彼が目を輝かせて笑った。

「お任せください！」

琥珀色の瞳がぎらりと光ったかと思うと、ヤノが大きな口を開けて咆哮《ほうこう》した。

グオオオという その声は、地響きよりも低く、章の鼓膜を揺さぶる。

「や、ヤノ……？」

「僕の背中に摑まってください！」

「摑まるって、そんな小さな背中に……」

言われるがまま、ヤノを背後から抱きしめると、ボム、とヤノが膨れた。

目の前が真っ白になり、温かくて柔らかな毛皮に包まれる。

ドゴッと何かを粉砕する音がして、激しい衝撃とともに視界が開ける。牢も山も突き破って、外に飛び出したのだ。

章とともに山を突き破ったのは、象よりも巨大な白い獣――白銀の狼だった。

「や、ヤノ？」

驚いている暇もなく、豪雨が自分たちを叩きつける。章を背中に乗せて、山肌に降り立ったヤノは山頂を見上げた。

山肌が地割れし、ズズ……とずれ始めている。

章は振り返って麓を見た。

山崩れは最初の崩壊が小さくても、崩落するほどに山肌や土砂を巻き込んで規模が大きくなる。

この標高が高くて急斜面の山頂が崩れれば、街は甚大な被害を受けるだろう。

章は逃げ出した神官たちの姿を思い浮かべた。もしかすると神官の誰かが、麓に避難を呼びかけてくれているかもしれない、と思ったのだ。

山崩れを少しでも食い止められれば、街は飲み込まれても人は助かるかもしれない。

「ヤノ、ごめん。助からないかもしれないけど、俺の力になってくれる？」

獣化したヤノは話せないのか、こくりとうなずいた。

「あの崩れそうな部分をできる限り身体で押さえよう」

章を乗せたヤノが、山を猛スピードで駆け上がる。断崖絶壁でも鋭い爪と少しの足場があれば疾走できた。

そうして崩れそうになっていた地割れ部分に、ヤノは背から体当たりした。

狭い足場で四肢を踏ん張り、滑り落ちようとしている山肌を背中でなんとか防ごうとしている。

ギギギ、バキバキと、地面や木々が割れる音が響く。章も力になれないが、ヤノの背中にまたがったまま、山肌の一部の岩を手で支えた。

ずっとこのままではいられない。力の限り、崩れるのを押さえられればいい。

少しでも街の人が避難する時間稼ぎができるように。

（アスランが大切にしている、国民の命を――助けるんだ……！）

どれくらい耐えただろうか、体感としては一時間以上だが、もしかすると十分かもしれないし、五分かもしれない。

ヤノの息がハッハッハッと上がり、舌がだらりと垂れてきた。

瞳もぐるりと上を向いて、意識が飛びかけている。

もうだめだ、と章は思った。ここまでだ、ヤノだけでも逃げてもらおう。

「ヤノ、もういい！　もう大丈夫だ！」

その言葉に耳をぴくりと反応させた瞬間、ヤノが大きな白銀の獣姿から、いつもの五歳児の姿に戻った。目を閉じてぐったりしている。

（遅かったか……！）

崩れる山肌とともに、宙に放り出される章とヤノ。なんとか手を伸ばしてヤノの脚を摑み、自分の腕の中に抱き込むが、ここからは土砂と一緒にこの急斜面を落ちていくだけだった。

宙に舞う、という感覚は不思議だと思った。

おそらく数秒のことなのに、とても長い時間滞空しているように感じる。

章はぎゅっと力を入れて、ヤノを抱きしめる。自分が肉の壁となって、ヤノだけは助かる可能性がわずかでも上がれば――と。

章は覚悟して目を閉じた、その瞬間だった。自分とヤノを温かい何かが包み込んだのは。

目を開けると、豪雨でずぶ濡れの彼が、思い詰めた表情でこちらを見ていた。

「アスラン……？」

もう一度会いたいと願いすぎて、今際《いまわ》の際《きわ》に幻覚を見ているのかと思った。

「章、無事でよかった！」

アスランが顔をくしゃくしゃにして章を抱きしめた。その力が強くて、現実だとようやく気づく。

そして、自分の状況に驚愕《きょうがく》する。

ヤノを抱いた自分をアスランが横抱きにして、宙に浮いているからだ。

「えっ、ええええっ？」

すると横から漆黒の羽がバサッと音をたてた。アスランは黒馬に乗っていたのだ。それも、大きな二対の翼が生えた馬に。

「ペ、ペガサス……！」

アスランたちを乗せた黒馬は急降下する。

その背後で、崩れた山肌が木々を巻き込んで、巨大な崩壊を起こしていた。響き渡る轟《ごう》音《おん》は、山が悲鳴を上げているようだ。

「あ……街が……！」

麓の街を、土砂が容赦なく飲み込んでいく。土煙がもうもうと立ち上がる様子は、あた

りが黄土色の霧に包まれたようにすら見えた。

「大丈夫、先ほど避難が終わった。あの街は無人だ」

章はそれにも驚いたが、馬があまりに猛スピードで急降下するので、怖くて何も言えなくなってしまった。ジェットコースターも苦手だというのに。

人々が避難した、麓の小さな村に降り立った。

アスランは章を下ろして自分も降り立つと、翼のある黒馬に礼を告げた。

「オレクサンドル、ご苦労だったな」

「オレクサンドルなの！」

黒馬はこくりと頭を下げ、しゅるしゅると馬体を縮めた。

人の姿に戻った半裸のオレクサンドルが、ヤノを預かって介抱する。覚醒直後に力を使いすぎて気を失ってしまったらしい。

そんなやりとりをしている間じゅう、アスランがこちらをにらんでいた。

「……逃げ出したな、私から」

それはそれは、恨めしそうに言った。

「うん……ごめん」

「心配して心臓が破裂するかと思ったよ」

「心配させて……ごめん」

「理由は後から聞くから、私の気が済むまで抱きしめさせてくれる？」

声が震えていた。

雨が止《や》まないせいで、アスランの瞳から流れているのが雨なのか涙なのか分からない。

章はアスランの身体にゆっくり近づいて、抱きついた。

冷えているはずなのに、アスランの胸は温かかった。

アスランが章の濡れ髪を撫でる。

「髪、切ったんだね」

正確には切られた、と言いながら章はこくりとうなずいた。

ぐっと、アスランの喉が上下し、太い腕が章の身体に巻きついた。

息が苦しくなるまで抱きしめられる。

「無事で……よかった……！」

「アスラン……ご、ごめん……俺……ごめんなさい……！」

章もアスランの背中に両手を回し、服をきつく握った。

章はそこから三日間、高熱を出した。

オメガになった身体の異変と極限のストレスが重なったのだろうと医師は告げた。

アスランの寝室で丁寧に看病され、熱が引くと、あの日何が起きたのかを教わった。

章が修復した『降水量と山の精霊』の本に触れて、山崩れの未来が『見えた』こと。水面下で協力関係にあったディミトリが章の居場所を突き止めてくれたこと。オレクサンドルは馬獣人ではなく天馬……つまり神獣であったこと。そしてヤノも狼一族から出た、神獣の先祖返りだったこと――。

「オレクサンドルは隠してただけだけど、まさかヤノも神獣だったとは……」

アスラン、オレクサンドル、ヤノに囲まれて、章はぽかんと口を開けた。

ヤノは子どもの姿のまま、ソファに座る章の膝にごろごろと顔を乗せている。いっそう甘えん坊になった気がする。

「神獣は成長過程が人に近いので、先祖返りは特に発育不良と勘違いされやすいのです」

ヤノの傷の治りが異常に早いのも、神獣の治癒力のおかげだったのだという。

「僕もびっくりでした」

はは、とヤノは無邪気に頭をかく。

「おかげで神獣が街を救ったと大騒ぎですよ」

ディミトリが、いくつかの報告書を持ってやってきた。

父親であるコブロフ公爵は反逆罪で廃爵、国外追放の準備が進んでいるが、ディミトリは王宮に移り住み、国王の補佐官として働くことになったのだ。

ディミトリはアスランに書類を手渡し、すぐにサインを求めた。

「サインさえいただければ、こちらで処理しますから。内容は神官の処分です」

神官長だったエドゥアルドは、コブロフ公爵と同じくその地位を奪われ、現在幽閉されている。その処遇と、彼の息がかかった神官たちの処分を検討しているところだという。

「被疑者エドゥアルドは流刑、神官たちは地位剝奪《はくだつ》と労役……ということでよろしいですか」

「ああ、そうしてくれ」

章は退室しようとしたディミトリを呼び止めた。

父親の一派を装ってジンヴァリ神殿まで章を捜しに来てくれた彼に、まだお礼が言えていなかったのだ。

「ディミトリ……本当にありがとう」

わざわざ神殿に来て、章の居場所をアスランに教えただけでなく、「陛下の寵愛を一身に受けて」「陛下は伴侶は一人だけ」などと、エドゥアルドが植えつけた章の誤解まで解いてくれたのだから。

ディミトリがじろりと章をにらんだ。

「君のためじゃない、君が陛下の王配になったほうが国益になるからだ、勘違いしないでくれたまえ」

そう言って、章の額をつん、つん、と指で突く。章の世界で言うところの「ツンデレ」なのだろうがデレが全くない。

「でも……もし、陛下が嫌になったら僕がもらってやろう」

彼はそう言ってニヤリと笑った。男のオメガ同士なら子どもも作れるからな、と。

「ディミトリ！」と悲鳴を上げ、嫉妬《しっと》に狂ったアスランが部屋にいた全員を追い出した。

章は笑いながら、ベランダに出て外の空気を吸った。

沈んでいく夕日を見てじわりと涙が出る。こんな穏やかな風景を再び見られるとは、神殿の牢では想像もしていなかったから。

心配そうにのぞき込むアスランに、章は言った。

「俺の国には、黄昏《たそがれ》泣きって言葉があるんだ。赤ちゃんが夕方になると泣くこと。なんでかな、俺、身体がぞわぞわして、涙が出てきちゃった」

章の肩を抱いたアスランがぴくりと反応する。

「自分の国が恋しい？」

「どうかな。思い出はあるけど、俺を待ってる人はいないから」

章の肩をぎゅっと握る手が震えていた。

「章が自分の世界に帰りたいなら……その願いを叶えようと思う」

「アスラン……？」

どく、どく、と心臓が嫌な音をたてる。

「そばにいてほしいと愛を乞うてばかりの己を恥じたよ。章が帰りたいと思う気持ちを踏みにじってまで押し通すのが本当に愛なのかと、思ったんだ……」

アスランは、つらいけれど、と前置きしてぎゅっと目を閉じた。

「番になってくれとはもう言わない。帰る方法を見つけるまででいい。章のそばにいさせてほしい」

目をゆっくりと開いたアスランは、章の額に、自分の額をくっつけた。

「好きなんだ……好きでいさせてほしい」

章は自分を殴りたくなった。番に望んだ相手が逃げ出す、というショックはアスランには大きすぎたのだ。

章はアスランの頬を両手で挟んだ。

「アスラン、俺は帰ろうとしたんじゃなくて、アスランが好きだから逃げ出したんだ」

どういうことだ、とアスランは瞠目《どうもく》する。

章はぽつぽつと打ち明けた。

アスランがディミトリらとも番になる準備をしていると聞かされていたこと、夜にアスランとディミトリが密会をしていて笑っていたのを目撃してしまったこと──。

「アスランは国王だから、俺だけの特別な人にはなってもらえないんだと思うと苦しくて、他の人を愛するアスランを見たくなくて……逃げ出したんだ」

複数の伴侶を準備している話はエドゥアルドの嘘だったことも分かっている、とも。

「それくらい、好きになってたんだ。他の人とアスランが話していると気が狂いそうになるくらい……！」

顔が火照《ほて》る。正直な気持ちを打ち明けて、恥ずかしくて体温が上昇しているのかもしれない。息も荒くなって、言葉が途切れてしまう。

「アスランがたくさんの伴侶をつくれる国王だと分かっていても……、他の人なんか見ないでほしい、俺だけのアルファに……っ」

また熱が上がってきたのかと思ったが、アスランが動揺しているのに気づく。

「章……その香りは……」

何、と問い返そうとして、内腿《うちもも》を何かの液体がツ……と流れた。はっとして脚を閉じるが、どうやら後ろからあふれているようだ。

アスランが何かにあてられたように、ハッハッ……と息を乱している。顔は耳まで真っ赤になっていた。

「もしかして……発情……期……？」

アスランはぱっと身体を離して、部屋を出ようとした。

「待ってアスラン！」

「だめだ、章はアルファの本能を分かってない。このままだと君は同意もなしに私にめちゃくちゃにされるんだぞ」

オメガの発情期にあてられたアルファは、衝動が抑えきれないことは知っている。アスランが口と鼻を押さえ、懸命に耐えようとしている。同時に彼から、とろりとした甘い香りが漏れ出た。章の発情に反応して、ギフテッドアルファのフェロモンも過剰に分泌され始めたのだ。

章は「行かないで」と背後からアスランの腰にしがみついた。

「嫌だ、本当に章が私の番になると思ってくれない限り、こんな獣のようなこと……」

章の心は、あの神殿で決まっていた。あとは思いをアスランに告げるだけなのだ。

章は自分に言い聞かせた。

運命に翻弄《ほんろう》されるのではなく、自分の行動で運命を引き寄せる。そう言っていたのは、章、お前ではないか――と。

「アスラン……っ、こっち向いて……」

口元を押さえながら、アスランが赤い顔で章を振り返る。

章はボタンを外してブラウスを脱いだ。

そうして、こう口にしたのだった。

「俺の……っ、うなじを咬んで」

アスランの目が大きく開かれる。

これは「言ってはいけない言葉」だった。アルファとオメガにとっては、最上級の愛の告白か、濃厚な夜の誘いなのだ――と。知らずに口にしてしまい、二度と言ってはいけない、とアスランと約束した。そして、もし次に言ったら――。

「もう、逃がしてあげられないって言ったのに……！」

アスランが章の口を塞いだ。

「んっ」

性急に抱き上げられ、服を脱がされながらベッドに押し倒される。

（逃がさないで）

息を荒くしたアスランは、章の服の一部を破いて取り除いた。

章も、身体の火照りと腹部の疼きで、どうにかなってしまいそうだった。

欲しくて、欲しくて、仕方がない。

以前アスランのフェロモンで極限反応を起こしたときの何十倍も、身体中がアスランを欲しがっていた。

欲しいのはアルファではなく、アスランなのだ。

章も我慢できずに、アスランの服に手をかける。手が震えてボタンがうまく外せないでいると、自分のブラウスもアスランは破いて床に捨てた。

「ああ……章……すまない、章の人生をこの世界に、そして私の運命に巻き込んでしまって……でももう離れたくないんだ……」

アスランは章の唇を吸いながら、息継ぎのたびに謝罪をする。章はその舌先を追って、アスランの唾液を欲しがった。

「俺が決めたんだ……っっ、アスランと生きるって、自分で決めたんだよ……」

瞼《まぶた》、首筋、耳、鎖骨、胸……とアスランが舌を獣のように這わせる。どこを舐《ねぶ》られても性感帯をいじられているように気持ちがいい。びくびくと腰が震えて、下腹部――おそらくオメガ化で新たにつくられた子を成す器官――が、きゅっと切なく震えた。

アスランは章の胸の飾りに舌を這わせて、甘く噛んだ。

「ふあ……っ、んっ」

そうしながら章の股間をまさぐり、陰茎をも優しく扱《しご》く。その間にも、アスランの雄は張り詰めていて、耐えきれないのか章の太ももに擦りつけられていた。

「アスラン……アスランっ……」

「どこからも甘い香りがする……はあっ……香りだけで達してしまいそうだ……」

アスランは章をベッドに転がすと、大きく脚を広げた。

オメガ化に伴い陰毛がなくなってしまったそこを見られるのが恥ずかしくて、章は懸命に手で隠そうとするが、その手をアスランが叱るように甘噛みした。

アスランは章の脚の間に顔を近づけると、少し小ぶりになってしまった章の陰茎をそろりと舐める。

「ひぅ……っ」

そんなところを舐めるなんて、とエロ動画の知識しかない章は、羞恥《しゅうち》と興奮で一気に勃起してしまう。

アスランは「ここの色のもきれいだ」などとうっとりしながら、章の陰茎を舐っていく。

そうして口内に導くと、卑猥な水音をたてて口淫した。

「あああっ、ひぃ、あああああっ、だ、だめ……っ」

全身がふやふやと溶けていきそうな快楽と、自身の陰茎がぐずぐずにアスランの粘膜に甘やかされている興奮で、もう爆発しそうになっている。

「アスラン、だ、だめ、もう出ちゃう、だめだって、口が……あ、あ、あ！」

金色の前髪の間から、グレーの瞳がこちらをちらりと見上げる。

（あ、すごい、飲みたがってる……）

その瞬間、こみ上げた射精感が我慢できず、アスランの口の中に放ってしまう。

「ひゃ……っあああっ」

アスランは恍惚とした表情でそれを口で受け止め、興奮したのか自身の雄を手で擦り始めた。発情期のフェロモンにあてられたのか、以前よりも凶暴に勃起しているように見える。

「じ、自分でしないで……」

章は達した自分の陰茎をアスランの口から引き抜くと、今度はアスランを仰向けにして、自分が彼の脚の間に顔を埋めた。

「約束は、守るから……」

そう、オメガになったあの夜にアスランはこう懇願していた。

『今度、私のも飲んで？　ショウの身体の一部になりたい』

そのときはなんてえっちなことを言うのだろうと驚いたが、今なら分かる。

自分の体液が愛する人の身体に吸収されて、その人の細胞の一部になれるなんてこの上ない幸せではないか。

そろりと舌を出して、アスランの昂ぶりを先端から口に咥《くわ》えた。

「しょ、章……！」

（お、大きい……）

咥えてみると先端からすでに大きくて、半分も口の中に入りきらない。それでも章は彼の剛直を舐っているうちに、自分の舌が気持ちよくなって止まらなくなっていった。

「あ……はぁ……っアスランの……っ、口の中で……ンンっ、きもち……っ」

亀頭が顎裏を、裏側の筋張った部分が舌を擦り、章の快楽の壺《つぼ》に蜜を貯めていく。陰茎の口に入りきらない部分は指で懸命に擦った。膨らんだアルファ特有の亀頭球《ノット》も指で撫でる。

髪の間にアスランの指がするりと入ったので、視線を上げると、章の髪を愛しそうに梳《す》きながら目を閉じて恍惚としている。たくましく美しい芸術品のような男が、顔を真っ赤にしてまつげを震わせて。

可愛い、愛しい、好き。

そんな言葉が単語になってこみ上げた。アスランが自分を抱きしめるときに放っていた単語はこれなのか、と腑《ふ》に落ちる。

先ほどアスランにしてもらったように、口で陰茎を扱くように頭を動かすと、アスランが身体を硬直させる。

(出して、出して)

そう願うほど後ろが濡れて、股《また》の間を愛液がつたう。

「ああ……っ、章、もう……っ」

章がアスランを見上げると、欲情しきった彼と目が合った。その瞬間、びゅく、と口の中に飛沫《ひまつ》が広がった。しかも、先日知ったように量も多く、射精が長い。

飲んでと懇願したものの、こんな量はたまらないだろう、という顔で心配そうに章の頬に触れるアスランに、また愛しさが増す。

肺に息を吹き込まれただけで、あんなに乱れたのに、彼の精液を飲んでしまったら一体どうなるんだろう……と章は恐ろしくもあり、興奮もしていた。

口いっぱいに広がったアスランのそれを、章はごくん、と飲み干した。鼻で息をすると、あの花と蜜の香りがいっぱいに広がった。

「ん……っ、ふぅ……っ」

びくん、と腰が跳ねる。先ほど絶頂したばかりなのに、また自分の陰茎が上を向いた。

「あ……これで、俺の身体の一部に……なれたね」

章は言ってアスランに抱きついた。

もっとくっつきたい。身体の境界線がなくなってしまうまで、どろどろに溶け合いたい。

そんな思いがあふれる。

「嬉しい……」

アスランがはらはらと涙をこぼし、下瞼にまつげがはりついていた。

アスランは本当によく泣く男だ、と章はどきどきした。彼が泣くほど、愛しさがこみ上げる。

(王宮内ではあんなに威圧的なアスランが、俺の前でだけこんなに泣いて……)

強くてたくましくて聡明で、意中の者の身体を変異させたり、未来を見たりと、特別なギフトばかりを持っているアルファなのに、こうして感情があふれている様子を見ると守ってあげたくなる。

「恥ずかしいことだ……好きがあふれて、私は泣いてばかり」

またいっそう、後ろが濡れてしまう。

子を成す性器ができたとはいえ、ここまで感情と直結しているとは思わなかった。

アスランにそれを伝えたくて彼の手を臀部《でんぶ》に導くと、目を瞠った。

「俺だって嬉しくて、あふれてるんだよ……」

アスランの瞳孔《どうこう》が、ぐん、と開いた。ぶわっと広がったのは、今まで経験した中で最も濃厚なフェロモンの香り。まるで身体に花の蜜がまとわりついているような。

アスランは章を再び組み敷いて、鎖骨に噛みついた。

「あッ……！」

グルルと唸る声がする。

アスランと視線を合わせると、肉食獣に襲われた小動物のような気分になった。そして突如多幸感に襲われる。この人に食べてもらえるのだ、という官能的な喜びに。

アスランは章の脚を大きく開き、濡れそぼった後孔に自身の雄を突き立てた。

「さっき出したのにもう……」

そのみなぎる雄に章が驚いていると、アスランが恐ろしいたとえを口にする。

「私はギフテッドアルファだよ、その気になれば一週間だって、飲まず食わずで章とずっとベッドにいられる」

初めて聞く情報に狼狽える暇もなく、アスランの先端が章のつぼみをこじ開ける。

「あああっ」

先日はアスランにゆっくりほぐしてもらわなければ入らなかったが、今はオメガの身体になっているので難なく飲み込んでいく。圧迫感や痛みがない分、快楽に貪欲《どんよく》になっている。

「ああ……章の中に……」

アスランは身体を震わせながら、最上の笑みを浮かべている。

身体を「く」の字に折るように脚を上げられ、アスランの両肩に担がれると、そのままアスランが律動を始める。

瞳孔の開ききったギラギラとした目で章を見つめながら、ばちゅばちゅと腰を打ちつける。

「あっ、あああああ、ふぅ……っ」

アスランの身体の重みも手伝って、愛しいアルファに支配された喜びで章はわななないた。

アルファなら誰でもいいわけではない、アスランだから、気持ちがいいのだ。

太い彼の指が、章の口の中に侵入し舌をつまんだり表面をぐりぐりともてあそんだりする。中をかき混ぜられながら、口を犯されているだけでも気持ちがいいのに、もう片方の手が章の乳首を揉み潰《つぶ》した。

「ふぁあぁんっ……っ」

まるで女の子のような声を出してしまった自分に驚きながらも、アスランに翻弄されていく。

アスランは無心にピストンを繰り返し、章の口から指で唾液を奪っては自分の口へとそれを移し「はあ、甘い」ととろりとした笑みを浮かべた。

爪の先が章の乳首をピンとはじくと、後ろがきゅっと切なくなってアスランの雄を締めつけた。それが気持ちよかったのか、アスランは何度も何度も、章の乳首をいじめる。

「ああああっ、そんな、ち、ちくびばっかり……女の子みたいになっちゃうから……っ」

アスランはそれでも手を止めず「女の子になっても可愛いと思うよ」と腰を激しく打ちつける。天蓋付きの豪奢なベッドがギシッギシッと豪快に軋《きし》むほどに。

ころりと身体を転がされ左側を向くと、今度は脚を閉じた形で突き上げられる。

「ふああああああっ」

アスランの剛直が違う形で中をえぐり、今度は覆い被《かぶ》さってきて耳の穴に舌を挿れられた。ぐちゅ、という音が直接頭蓋《ずがい》に響き、アスランの舌で脳内を舐られている気分になる。

なんてセックスだ、と章は意識を飛ばしそうになった。

発情期にアルファとするからこんなに快感まみれなのか、それとも相手が愛する人だからドーパミンが過剰分泌されているのか——。

自分の胎《はら》を容赦なく突き上げてくる雄に、本能が「もっと、もっと」と欲張りになる。

そうしてうなじがひりついてきたことに気づいた。

章がそこに指で触れると、アスランが追うようにその手を握った。

狂ったように腰を振っていたアスランが、途切れ途切れに言葉を発する。

「もう……逃がして……あげられない……」

そう言うと、ズンといっそう奥まで楔《くさび》を打ち込み、章の下腹部で「ぐぽ」という音がした。最奥にアスランの剛直が到達したのだ。

「ああああぁッ」

過剰に供給される快楽をなんとか逃そうと、背中が勝手に反る。するとアスランが章の腕をシーツに縫いつけて、捕らえた獲物をむさぼるように抽挿を繰り返した。

「ああっ、アスラン……アスラン……っ」

「章、章、キスしてくれ」

獣みたいなセックスをしているアスランから、思春期のようなお願いごとが飛び出る。

再び向き合うと、身体を揺さぶられながらキスをした。

「一生一緒にいると誓って」

「一生一緒にいる」

「毎晩一緒に寝て」

「そうする」

章はアスランの首に腕を回して、うなずいた。

「朝も一緒に起きて」「泣き虫でも笑わないで」「私以外のアルファと口をきかないで」

「毎日私のこと格好いいって言って」「寝間着は絶対お揃いにして」

どんどん要求が細かくなっていく。

「なんだっていい。全部いいよ、アスランなら」

そう伝えると、アスランがしばらく黙り込んで、律動だけを繰り返した。

ジュ、ジュという淫猥な水音と、ベッドの軋み、そして二人の荒い息だけが部屋に響く。

ふと、彼が穏やかな、そして真剣な表情になった。

「一緒にムゼ王国の未来を見てくれ」

びくっと身体が跳ねた。内壁が一部圧迫感に襲われた。

アスランの亀頭球《ノット》が膨らんだ——つまり射精の予兆だった。

オメガはアルファの射精を受けながらうなじを咬まれることで〝愛咬の儀〟が成立し、

正式な番となる。

アスランはぐっと唇を噛んで耐えていた。そこから血がじわりとにじむ。

愛咬の儀をする前に、章の答えを待ってくれているのだ。

章は、第二の性の本能に抗《あらが》ってまで自分の意志を尊重してくれるアスランを、心から愛しく思った。

「もちろん、唯一の伴侶として……」

そう付け加えたアスランの唇に、章は口づけをして、にじんだ血を舐め取った。

「喜んで……！　早く咬んで、俺だけのアスランになって」

そう言うと、首をひねってうなじを見せる。

アスランは目を赤くして、大きくうなずいた。

「私は永遠に、章のアルファ。そして章は、私のオメガだ」

口を大きく開き、アスランが章のうなじに激しく咬みついた。

同時にぐっと陰茎を押し込まれ、どっと熱い精液が胎に注がれる。

「あああーーーーーーッ」

咬まれた場所と後孔から、痛みと、快楽と、愛しさと、少しの寂しさが、渦を巻いて章の身体に流し込まれている気がした。

アスラン は咬んだ場所から口を離さず、フーッフーッと息を荒くしている。そしてまだビクビクと跳ねている剛直を、長い射精の間にまだ奥に押し込もうとする。

注がれれば注がれるほど、章の体温が上がっていく気がした。

細胞という細胞に、アスランに注がれたものが染みこんでいくような、そしてその細胞がキチチチと音をたてて形を変えていくような、そんな感覚とともに、激しい絶頂が訪れた。

「ああ、いく、いっちゃう……なんども、あああああっ」

小ぶりながらも勃起した陰茎からは、精液ではなく透明な潮のようなものが噴き出す。

「アスラン……アスラン……っ、ずっとこんなに気持ちよくて……こわい……っ」

アスランはようやく章のうなじを解放する。しかしまだ射精が終わらず、章をぎゅっと抱きしめて注ぎ続けた。章の舌を舐ったり、なみなみに注がれていく胎を愛しそうに撫でたりながら――。

そうしてぽつりと言った。

「アルファとオメガの番は、魂の契約。私たちは運命共同体だよ、章」

くたりとした章が、もうろうとした意識のなかでうなずき、番になった感想をこう告げた。

「なんか……魂が鎖でつながった気がする」

するると、グン、と中で再びアスランの雄が大きくなった。

おそるおそる彼を見ると、天使のような微笑みで首をかしげていた。

「きょう、あと何回していい？」

尋ねられたときには、もうベッドが軋んでいた。


「あっ、陛下、こっちこっち！　今パンが焼けたよ！」

お忍びで城下町に出ていたアスランが、パン職人に呼び止められる。

「陛下じゃないが、いい匂いだな」

焼きたての香りに引き寄せられて、アスランが「どれどれ」と味見させてもらっている。

「ショウさまにはこちら」

花売りの女性が章の頭に、花冠を載せてくれた。

「うわ、すごい！　全部バラだ」

「この間の婚姻の儀、とっても素敵でしたよ。あらためておめでとうございます」

街の人々がわらわらと集まってきて、アスランと章を祝う。

「みんな、ありがとう……いや、陛下ではないが」

お忍び下手くそのアスランが、にこにこと片手を上げると、一斉に笑い声が起きたのだった。

アスランと章が番となって三ヶ月後、二人は正式に婚姻の儀を執り行い、章は王配となった。婚姻の儀では、大勢の前でアスランが、生涯の伴侶は章だけ、と宣言したため、側室を薦める者はいなくなった。

正確には、側室を薦める者が王宮から追い出された……と言ったほうが正しいかもしれないが。追い出すのはいつも、国王補佐官のディミトリだ。オメガで初めての臣下となった彼は、発情期などで職業を諦めていたオメガたちから『オメガの星』と呼ばれている。

国王とその召喚神子、そして二人が従えた神獣が、山崩れから街の数百人を助けた出来事は「ジンヴァリの奇跡」と呼ばれ、国民の尊敬と支持をこぞって集めることとなった。

アスランはというと、第三の能力は限定的に使えるようになった。

過去の記録に触れると、それに関する未来が『見える』——という。

アスランはそれでいい、と満足していた。

「ジンヴァリのような大災害さえ防ぐことができれば、あとは人間の知恵で乗り越えたほうがいい」

そのため、定期的に天候や災害の記録などに限って本に触れ、対策をしている。章はというと、王配としての政務とともに、国全体の書物の管理を任されることとなった。これまでさほど過去を重視してこなかったぶん、抜け落ちている歴史や記録がたくさんあるのだ。

バレバレのお忍びデートから戻ると、テラスで新しい本の選定をした。毎月発行される本を一冊ずつ購入して、王宮の書物庫に入れるのか、その地方の書物庫に保管するのかを章が決めるのだ。

（印刷技術が進むだろうから、そのうち一人ではできなくなるんだろうけど、やれるうちは俺がやりたいな）

新刊をめくっていると、コト、とテーブルにお茶が出された。

「ショウさま、今日のおやつには僕がブレンドしたお茶をどうぞ……」

得意顔でヤノが出してくれたお茶が紫色で章は目を瞠ったが、期待のまなざしで彼がこちらを見るので、目をつぶってぐっと飲み干した。

「あれ、おいしい！」

「そうでしょう？　なんと紫色のハーブを集めて紅茶にブレンドしてみました」

「苦いお茶しか淹れられなかったヤノが、こんなにおいしいお茶を出せるようになるなんて……」

　からかわれて頬を膨らませるヤノの横で、章はハンカチで涙を拭うふりをしてみせる。

　テラスにアスランが姿を現し、章の頭頂部にキスをして隣に座った。

　二時間ほど前まで一緒に街でデートをしていたアスランが「永遠とも思える会えない時間が二人の絆《きずな》を強くした」などと言って、中庭で摘んだ花をブーケにして章にプレゼントしてくれた。ブーケをまとめたリボンは、彼の髪色に揃えているあたり徹底している。

「誰に手紙を書いてる？」

　じと……と章の手元を見る。

　地方の書物庫の担当者宛てだ、と伝えると「挨拶が丁寧すぎない？」「長文だと気があると思われる」などと、文面にまで文句を言い始めた。

　はいはい、と流すと、アスランが章の額に手を当てて熱を測り始めた。

「まだ平熱だね」

　ここ数日、アスランは章の体温を確認する。オメガは発情期と連動して体温が上下する。発情期が近くなると微熱が出始めるのだ。

「前回の発情期からもうすぐ九十日だからね、そろそろだね。次の発情期が楽しみだな」

「なんで？」

「二人で部屋に閉じこもるから」

フェロモンで周囲を混乱させないように部屋に閉じこもるのはオメガだけでいいのに、アスランはすっかり同伴する気だ。

「ずっと二人だけ。誰も邪魔しない世界。想像するだけで幸せだ」

「アスラン、愛が重いよ……」

章が額に手を当ててハーとため息をつくと、アスランは平然とした顔で「軽いよりいいだろう」と肩をすくめた。発情期にわざわざ閉じこもらなくても、ほぼ毎夜抱き合っているというのに。朝目が覚めると、後ろに彼の陰茎が入ったままということもあった。そんな旺盛《おうせい》なところも含めて好きなのだが、とは口にはしづらいので、章はアスランの頬にキスをした。

するとアスランがテーブルにめろめろと崩れ落ちた。

「はあ、愛しい……この思いを詩にしたためて出版するか……」

やめておけ、と思ったが本人の表現の自由を尊重し、黙っておくことにした。

アスランがそばにあった数冊の本に気づく。

「これは新刊じゃないね」

「そこに積んであるのは、今度の祭祀《さいし》で使う本なんだ」

章にも大いに関係ある祭祀だ。

数十年に一度、本を異次元に放り込み、召喚神子とのつながりを作る——あの本だ。

「へえ、初めて真面目《まじめ》に見たけど全部小説なんだ」

「そうそう、前はいろいろ入れてたみたいなんだけど、歴史書や記録はアスランにとっても必要だから残してもらわないと困るなと思って。書物の選定は任されたから、今回は創作物にしようかと。物語が異世界に行くってロマンがあるだろう？」

神殿側としては、書物の中身はさほどこだわりはないらしい。選定した本の表紙を神殿の紋章入りの山羊革に張り替えればいいのだという。

章はその候補の本をパラ……とめくって瞠目した。

（これは……）

奴隷だった少年が英雄となり、国王になっていく——という建国物語だった。

本は儀式で異次元に送り込まれ、いろいろな世界、そして時間軸に飛ばされていく——という前神官長の言葉を思い出し、納得した。

（今から長い旅をするんだな、お前は）

未来とは不確かなものだ。

何が起きるか分からないからこそ、生きる希望も見いだせる。

ただ章は、この本と、この本を手にする人物を知っていた。その彼が、自分の人生を〝ハズレくじ〟だと思い込み、諦める癖がついていることも――。

先ほどまで手紙を書いていたペン先に、もう一度インクを浸し、その本の奥付を開いた。さらさらと綴る文字を見て、アスランが「章の母国語だね」と言った。相変わらず流れるようで美しい、と。

日本語を書くのも、これが最後かもしれない。

アスランが「なんて書いたの？」と聞いてくるので、こう答えた。

「よくある励ましの言葉だよ」

そこには、たった一行、このムゼ王国では誰も読めない言葉が記されたのだった。

『自分の人生の主人公は、一人しかいない』


（了）

あとがき

こんにちは、滝沢晴です。このたびは「ギフテッドアルファ王と召喚されたハズレ神子」をお迎えいただき、誠にありがとうございます。

本作、いかがでしたでしょうか。「ハズレ神子」だし、主人公の章が不憫な生い立ちだったため、なんだか暗くなりそうだなあなどと思っていたのですが、なんのなんの、なかなか濃いキャラたちに囲まれて賑やかになりました。

これまでファンタジーは書いてきたのですが『現代日本に住む青年が異世界に召喚される』というタイプの、いわゆる異世界召喚ものは初めてでした。書き出し当初は慣れなくて、アスランたちの世界を思い描くのにもちょっと時間がかかってしまいました。

それを手伝ってくれたのが、モデルにした国、ジョージアです！　作中には「琥珀ワイン」という名称にしているのですが、ジョージアのオレンジワインを飲んだんですね。チーズに合う深みのある味で、色もとてもきれいで、すっかりファンになってしまいました。

それからジョージアの本を買いあさり、ワインを生産する「マラニ」や、古くから愛されているお菓子チュルチュヘラなどを登場させたのでした。

カバー、挿絵はタカツキノボル先生が手がけてくださいました。ため息の出るような美しいキャララフに大感激です。本当にありがとうございます。

また、いつも懐深くご指導くださる担当さま、制作流通に携わってくださるみなさま、創作仲間や先輩方、いつもありがとうございます。

何より、本書をお手に取ってくださったあなたさまに、心よりお礼申し上げます。

年間刊行数約六万九千冊という書籍の海から、滝沢の紡いだ物語を選んでいただき、さらにここまで読んでいただけることは奇跡のようなことで、この上ない幸せです。

それを分かった上で図々しくもお願いするのですが、よかったら「読んだよ！」のお声がけや、感想やレビューなどいただけると嬉しいです。

また新しい物語で、みなさまとお会いできますように。

滝沢 晴

本作品は書き下ろしです。

ラルーナ文庫

この本を読んでのご意見・ご感想・ファンレターなどお待ちしております。〒110-0015 東京都台東区東上野3-30-1 東上野ビル7階 株式会社シーラボ「ラルーナ文庫編集部」気付でお送りください。

ギフテッドアルファ王《おう》と召喚《しょうかん》されたハズレ神子《みこ》

2023年10月7日 第1刷発行

著　　者｜滝沢《たきざわ》 晴《はれ》
装丁・DTP｜萩原 七唱
発 行 人｜曺 仁警
発 行 所｜株式会社 シーラボ
〒110-0015　東京都台東区東上野3-30-1　東上野ビル7階
電話　03-5830-3474／FAX　03-5830-3574
http://lalunabunko.com
発 売 元｜株式会社 三交社（共同出版社・流通責任出版社）
〒110-0015　東京都台東区東上野1-7-15
ヒューリック東上野一丁目ビル3階
電話　03-5826-4424／FAX　03-5826-4425
印刷・製本｜中央精版印刷株式会社

　ISBN978-4-8155-3286-4